Prinzessin für einen Tag

www.boje-verlag.de

Illustrationen: Tanja Székessy
Lektorat: Frank Griesheimer
Einbandgestaltung: hoop-de-la.com, Köln
Gesamtherstellung: Verlags- und Medien AG, Köln
Printed in Germany

ISBN 10 3-414-82011-0
ISBN 13 978-3-414-82011-2

5 4 3 2 1 10 09 08 07 06

N i n a P e t r i c k

Prinzessin für einen Tag

Mit Illustrationen von Tanja Székessy

Boje

INHALT

Erstes Kapitel
Eine Prinzessin erscheint

Eigentlich wollte ich gleich los und Luis, Per, Ralfi und Anna im Park treffen. Weil es aber ein bisschen nieselte, sagte Mama: „Bei dem Unwetter gehst du nicht vor die Tür! Sonst holst du dir eine Erkältung – und das können wir überhaupt nicht gebrauchen!“

Warum sie immer so übertreiben muss, weiß ich nicht. Weder waren zuckende Blitze am Himmel zu sehen noch Donnergrollen zu hören.

„Was für ein Unwetter meinst du denn?“, hab ich Mama gefragt.

Mama hat mich tadelnd angesehen, das kann sie gut, dabei zieht sie die Augenbrauen zusammen und kneift die Augen ein wenig zu. Sie hat so geguckt, als hätte sie geheime Informationen über Gewitter, die sich heimtückisch anschleichen, um sich wolkenbruchartig direkt über meinem Kopf zu entladen.

Da war nichts zu machen. Obwohl es in der Ferne schon wieder hell wurde, sollte ich zu Hause bleiben. So was Blödes. Ich hab mich echt geärgert, aber Mama blieb dabei.

Da wusste ich ja noch nicht, was für ein Wunder ich heute erleben würde ...

Ich war nur sauer, weil es der erste Ferientag war und Luis nur noch heute da war. Luis fuhr nämlich für fünf Wochen nach Griechenland. Seine Familie hat dort ein Ferienhaus. Und wir würden erst in drei Wochen losfahren, so dass ich Luis und auch Anna erst in der Schule wiedersehen würde. So ein Pech!

Zu allem Überfluss hatte ich Mama auch noch versprochen, ihr später beim Einkaufen zu helfen. Dafür regnete es merkwürdigerweise nicht zu sehr. Wer da eine Logik sucht, wird keine finden. Das ist ein Zitat von unserem Klassenlehrer, aber es trifft auch gut auf Mama zu. Manchmal auf jeden Fall.

Für den Nachmittag waren wir zu „Tante" Hellas Geburtstag eingeladen. Hella ist eigentlich Mamas Großtante. Sie ist uralt, hat tomatenrot gefärbte Haare und ist Roy-Black-Fan. Papa nennt den hinter ihrem Rücken „Roy Dreck", aber es ihr ins Gesicht zu sagen, traut er sich auch nicht. Für alle, die es nicht wissen: Roy Black war ein Schlagersänger, der vor hundert Jahren gelebt hat. Oder war es im letzten Jahrhundert? Weiß ich nicht mehr so genau. Auf jeden Fall ist der schon lange tot, aber seine Musik gibt es natürlich noch. Und ebendiese Musik hört Hella. So kommt es, dass auch ich „Ganz in Weiß mit einem Blumenstrauß, so stehst du vor mir ..." singen kann. Es gibt Dinge, die will man gar nicht können. Und andere, die will man können und die kann man nicht. Warum ist das bloß so?

Mama bügelte im Wohnzimmer und ich habe meinen Tuschkasten, den Block und ein Wasserglas geholt und mich in der Küche ans Erbstück gesetzt. Das Erbstück ist ein alter wunderbarer Tisch aus Holz. Ich weiß nicht, wie alt. Angeblich hat mein Opa seine ersten Schritte auf ihm gemacht, jawohl, *auf* ihm, und Mama dort ihren ersten Brei gelöffelt. Mir gefällt der Tisch, weil man an ihm essen, spielen und malen kann. Die Erwachsenen lieben ihn, weil er antik ist und „Patina" hat. Ich hab vergessen, was Patina ist, aber es klingt interessant.

Mein Märchenbuch lag auf dem Boden. Märchen könnte ich immer lesen. Vor allen Dingen wenn ich traurig oder sauer bin.

Ich hab das Buch aufgehoben und darin herumgeblättert. Ich wollte nämlich nicht an Luis und die anderen denken und mir nicht ausmalen, ob Anna ihn wohl gerade anlächelte. Oder er sie!

Wieder einmal blieb ich beim Dornröschen hängen: Vor Zeiten war ein König und eine Königin, die sprachen jeden Tag: „Ach, wenn wir doch ein Kind hätten!“, und kriegten immer keins. Da trug es sich zu, als die Königin einmal im Bade saß, dass ein Frosch aus dem Wasser ans Land kroch und zu ihr sprach. „Dein Wunsch wird erfüllt werden; ehe ein Jahr vergeht, wirst du eine Tochter zur Welt bringen.“ ... und die Königin gebar ein Mädchen, das war so schön, dass der König sich vor Freude nicht zu fassen wusste und ein großes Fest anstellte.

Eigentlich konnte ich es auswendig. Ich hab es trotzdem noch einmal gelesen. Dabei bekam ich Lust, das Dornröschen zu malen.

Ich hab den großen DIN A3-Block zurechtgerückt, so dass die schmale Seite unten war. Mein Lieblingspinsel hat wenig Haare, aber die sind aus Dachshaar. Mit diesem Pinsel kann man ganz feine Linien malen. Leider kann ich nicht gut Beine malen, deshalb bekam das Dornröschen einfach eine Decke auf den Bauch getuscht, mit rosaroten Blüten. Dann habe ich eine ganze Weile auf dem Pinsel herumgekaut und überlegt.

An der Pinnwand hängt ein Foto von Mama. Auf dem Foto liegt Mama ganz entspannt, mit geschlossenen Augen, in einem Liegestuhl. Ich hab Mamas Kopfumrisse mit einem Bleistift abgezeichnet und viele gelbe Locken dazu gemalt. Schließlich war das Dornröschen blond und nicht braunhaarig wie Mama. Dornröschens Augenbrauen und Wimpern hab ich ganz gut hinbekommen, auch ihren Mund, mit leicht nach oben gezogenen Mundwinkeln und einem schwarzen Schönheitsfleck daneben.

Ich war echt zufrieden. Ich weiß noch ganz genau, dass ich nur kurz aufgestanden bin, um mir ein Glas Apfelsaft zu holen. Als ich wieder am Erbstück stand, kam mir das Bild komisch vor. Es hatte sich irgendwie verändert.

Ich ließ mich auf den Stuhl fallen und starrte das Dornröschen an.

Entweder war ich übergeschnappt oder ... Ich wusste nicht, was ich denken sollte, aber die Prinzessin hatte jetzt richtige blonde Haare und keine gelben getuschten mehr. Ihre Haut sah aus wie meine! Und die Lippen bewegten sich! Ja, eindeutig, sie öffnete den Mund!

Wahnsinn! Ich starrte mein Bild an und rieb mir die Augen.

Dabei entdeckte ich, dass das Dornröschen sogar atmete! Die Brust hob und senkte sich ein wenig.

Hilfe! Ich traute mich nicht, sie anzufassen. Ich beugte mich über das Bild. Ja, Dornröschen atmete leise, sehr leise, aber hörbar. Ein und aus und ein und aus! Wie konnte das sein? So was war doch unmöglich!

In dem Moment begann sich Dornröschens Körper mit Leben zu füllen. So, als würde ihn jemand mit einer unsichtbaren Pumpe aufblasen.

Ich schnappte nach Luft. Dornröschen blinzelte und klappte ihre Augen auf. Sie hauchte: „Wo bin ich? Was ist geschehen? Ich glaube, ich habe lange, lange Zeit geschlafen. Fürwahr, mir ist zumute, als hätte ich gar hundert Jahre geschlafen!“

Wahrscheinlich wartete sie auf den Prinzen

und wollte wachgeküsst werden. Da musste sie sich aber auf eine Enttäuschung gefasst machen.

„Du bist bei mir“, krächzte ich nervös.

Dornröschen schob mit einer ungeduldigen Bewegung meine gemalte Decke zur Seite. Sie streckte Arme und Beine aus (sie hatte jetzt Beine und Füße, obwohl ich ihr keine gegeben hatte!) und gähnte ein oder zwei Mal ausgiebig. Dabei hielt sie sich wohlerzogen die Hand vor den Mund. Dann legte sie den Kopf in den Nacken, starrte mich an und sagte: „Aber wer seid Ihr? Mädchen, sage, wo bin ich hier? Was ist bloß geschehen?“ Verwirrt sah sie sich um.

„Ich ... ich bin Lena“, antwortete ich unsicher. Ich konnte Mama im Wohnzimmer telefonieren hören. Und ich wusste, dass es kein Traum war, aber es fühlte sich sehr komisch an. Und ich konnte es überhaupt nicht fassen, dass das Dornröschen nun hier bei mir war, in unserer Küche saß und mit mir plauderte, zwischen Mamas Kräutern und den vergilbten Rezepten an der Pinnwand! Eigentlich hätte sie weiterschlafen und auf ihren Prinzen warten müssen. Ob der sich jetzt vergeblich durch die Dornenhecke kämpfte?

Dornröschen beachtete mich nicht weiter. Sie murmelte aufgeregt: „O je, der Reim, fast hätte ich den vergessen."

Ich verstand nur ein paar hastig gesprochene Worte: Rückkehr, Dasein, Hiersein, Stunden, Runden ...

Was hatte das nun wieder zu bedeuten?

Dornröschen zupfte ihr eierschalenfarbenes Seidenkleid zurecht und richtete sich auf.

Und dann kletterte sie einfach aus dem Papier heraus – nur ihr Umriss blieb als haarfeine Linie zurück –, setzte sich auf die Tischkante und ließ ihre Beine baumeln. Sie hatte weiße, glänzende Satinschuhe an. Die sahen so sauber aus, als würde sie mit denen nie wirklich herumlaufen. Vielleicht wurde sie immer in einer Sänfte getragen?

Dornröschen war etwas größer als Papas Hand, vielleicht anderthalbmal so groß. Das Erbstück schien ihr nicht sonderlich zu gefallen, denn sie rümpfte die Nase und forderte ein Kissen. Wörtlich sagte sie: „Man gebe mir bitte ein Kissen!"

Sie sagte das nicht zu mir, sondern warf den Satz über ihren Rücken. So, als ob dort ein Diener stünde, der nur darauf wartete, ihr einen Wunsch von den Augen abzulesen.

Wahrscheinlich war das zu Hause bei ihr im Schloss so üblich. Aber hier bei uns konnte sie so etwas nicht erwarten. Wir haben keinen Diener, keine Zofe und übrigens auch keine Putzfrau.

Ich holte ein Kissen von Mamas Stuhl. Es war grau und schlicht, aber immerhin schön weich.

Dornröschen verzog ihren Mund und drehte ihren Kopf weg, als sie das Kissen sah. Sie schien etwas anderes erwartet zu haben als dieses graue Exemplar. Wahrscheinlich reine Seide mit Blümchenmuster oder so was.

„Habt Ihr denn keine Bediensteten?“, fragte sie.

„Haben wir nicht. Wir müssen alles selber erledigen.“

„Gütiger Himmel!“, rief Dornröschen und schlug ihre Beine geziert übereinander. Sie sah sich in unserer nicht besonders großen, blau gestrichenen Küche um. „Nett hier“, sagte sie höflich.

Es klang überhaupt nicht überzeugend. Um ehrlich zu sein, klang es eher so, als wäre sie entsetzt. Ziemlich entsetzt.

Dann fragte sie noch einmal: „Wer seid Ihr? Ich habe vorhin Euren Namen nicht verstanden.“ Sie gähnte wieder. Diesmal ohne sich die Hand vor den Mund zu halten. Ich konnte eine Reihe kleiner, ebenmäßiger weißer Zähne erkennen.

„Ich bin Lena“, sagte ich. „Ich habe dich gerade gemalt. Und auf einmal hat sich das Bild verändert und du bist aus dem Bild herausgestiegen. Und jetzt sitzen wir in unserer Küche. Eigentlich wollte ich mit den anderen im Park spielen, aber es hat geregnet, und Mama hat gesagt ...“

„Speerwerfen und Wettreiten? Oder Frösche fangen und Zwerge jagen, was wolltet Ihr spielen?“, fragte das Dornröschen neugierig.

„Nein, eher Versteckspielen und so“, antwortete ich. Ich musste mich gleich noch mal am Kopf kratzen. Das mache ich immer, wenn ich verlegen bin. Was meinte sie mit Zwerge jagen? Ich meine, ich konnte mir schon vorstellen, was sie damit meinte, aber ich kannte keine Zwerge, und wenn ich welche gekannt hätte, würde ich sie wohl kaum jagen wollen.

Dornröschen sagte nachdenklich zu mir: „Ihr müsst mich so gut gemalt haben, dass Ihr mich zu Euch geholt habt ...“ Sie lächelte. „Unser Hofmaler ist auch sehr gut.“ Sie strich sich eine blonde Haarsträhne hinter das Ohr. Dabei fiel mir auf, dass das Ohr ein klein wenig abstand. Irgendwie beruhigte mich das. Ich meine, eine Prinzessin mit abstehenden Ohren ist immerhin nicht ganz so perfekt und damit ein wenig menschlicher.

„Wir haben keine Hofmaler“, erklärte ich. War ein Hofmaler jemand, der ständig am Hof herumhing, um Dornröschen und ihre Eltern zu malen? „Aber wir haben Papa und seine Kamera.“ Papa fotografiert für sein Leben gern. „Wir haben übrigens auch keinen Hof oder ein Schloss. Wir wohnen hier, in dieser Wohnung.“

Dornröschen starrte mich an. Ich sah, dass sie etwas beschäftigte, weil sie auf ihre Unterlippe biss, aber sie sagte nichts.

„Willst du mein Zimmer sehen?“, fragte ich schließlich. Durfte ich sie eigentlich duzen?

„Ihre Hoheit will unbedingt." Sie streckte mir ihre Hände entgegen und ich hob Dornröschen hoch.

Sie wog etwa so viel wie Hansi. Hansi war mein Meerschweinchen, leider war es schon tot.

Ich trug Dornröschen vorsichtig, als wäre sie eine zerbrechliche Vase, durch den Flur in mein Zimmer und fragte: „Wie soll ich dich eigentlich ansprechen?"

„Bei Hofe werde ich Eure Hoheit genannt, aber Ihr dürft mich Dornröschen nennen. Vielleicht sollten wir uns beide duzen?"

„Was für eine Ehre", sagte ich spöttisch, aber Dornröschen nickte nur huldvoll mit dem Kopf, und ich begriff, dass sie wirklich eine echte Hoheit war, die nicht jeder x-Beliebige duzen durfte.

In meinem Zimmer setzten wir uns auf das Bett.

Wieder sah sich Dornröschen um, und ich versuchte mir vorzustellen, wie sie mein Zimmer sah. Da gab es den großen Schreibtisch vor dem Fenster. Einen rosa lackierten Kleiderschrank neben der Tür. Ein Trampolin und eine Schaukel, die von der Decke herabhing, und nicht zu vergessen ein Regal mit Büchern und Spielsachen. Aber kein Himmelbett oder goldene Spiegel. Keine Ahnung, was Prinzessinnen so in ihren Gemächern stehen haben.

„Es ist hübsch“, sagte Dornröschen. „Aber was ist das?“ Sie zeigte auf das Trampolin.

„Das ist ein Trampolin. Komm, ich zeig es dir.“ Ich hob sie hoch und setzte sie auf dem Trampolin ab. „Jetzt musst du springen.“

Dornröschen hob die Arme in die Luft und begann zu hüpfen. „Das macht Freude!“, rief sie. Ihre Wangen röteten sich zartrosa, eine Farbe, wie die Marzipanschweinchen an Neujahr sie haben. Obwohl sie vor Anstrengung zu keuchen begann, sprang sie munter weiter.

Als Dornröschen endlich genug hatte, trug ich sie wieder zum Bett.

„Ich werde nicht lange hier sein“, sagte sie. „Genau zwölf Stunden und keine Sekunde länger. Daran muss ich mich halten, sonst kann ich nicht in mein Land zurückkehren, auf mein Schloss. Im anderen Fall muss ich für immer hier bleiben.“

„Warst du denn schon einmal fort?“, fragte ich.

„Ja, aber das ist bestimmt hundertfünfzig Jahre her. Da hatte mich auch ein Mädchen gemalt und ich durfte ebenfalls für zwölf Stunden das Märchenreich verlassen. Das Mädchen, das mich damals gemalt hatte, lebte in einem großen Schloss. Wir sind mit einer Pferdekutsche gefahren und haben uns mit Pfauenfedern abgekitzelt. Nachmittags haben wir kleine Törtchen mit gelbem Zuckerguss gegessen. Und am Abend hat sie mich auf einen Ball geschmuggelt, den ihre Eltern gegeben haben. Das war schön!“ Dornröschen lächelte.

„Pferdekutschen gibt es nicht mehr. Na ja, bei Hochzeiten vielleicht. Und Bälle feiern meine Eltern auch nicht. Höchstens ab und zu mal eine Party, aber dann schlafe ich meistens bei meiner Tante, damit ich nicht im Weg bin. Heute muss ich mit Mama einkaufen gehen und am Nachmittag hat uns Mamas Großtante Hella zu ihrem Geburtstag eingeladen. Da gibt es dann auch eine kleine Feier.“

Dornröschen lachte und klatschte erfreut in die Hände. „Ich liebe Einkaufen“, sagte sie. „Hier, sieh dir meine Finger an! Sie sind wie geschaffen, um feine Stoffe wie Samt, Brokat und Seide zu fühlen. Und meine Nase“, sie tippte sich an ihre Nase, „findet die erlesensten Düfte!“ Sie zog wie zum Beweis die Nase kraus, so wie Kaninchen das machen.

„Wir gehen nur in einen Supermarkt.“ Höchstwahrscheinlich wusste sie nicht, was ein Supermarkt war. „Wir müssen Brot, Wurst und Käse einkaufen.“

„Wunderbar!“, rief Dornröschen überschwänglich. „Und ich verrate dir etwas: Ihr braucht Fasan, denn mich gelüstet es nach Fasan.“

„Na ja, ich glaube, Fasan steht nicht auf Mamas Einkaufsliste. Das ist doch viel zu teuer.“

„Dann tut es auch Rehbraten“, sagte sie gnädig. „Auf dem Schloss kommt auch nicht jeden Tag Fasan auf den Tisch. Aber lass mich wissen, was geschieht dann? Habe ich es richtig verstanden, deine Tante feiert Geburtstag? Ich liebe Feiern. Allerdings musst du eines beachten: Ich darf dich nur heimlich begleiten. Je weniger Menschen mich sehen, desto besser.“

„Warum?“, wollte ich wissen.

„Das ist eine Regel aus unserem Reich. Die vorsichtigen Feen haben sie erfunden.“ Dornröschen kicherte:

„Vielleicht haben sie Angst, dass wir in jemandes Hände gelangen, der uns nicht zurückkehren lässt. Aber ich möchte durchaus zurück, allerdings erst wenn die Zeit dafür gekommen ist und die Stunden verstrichen sind.“

Ich überlegte, wo ich Dornröschen verstecken konnte. Sie war zwar nicht groß, etwa zwanzig Zentimeter würde ich schätzen, aber soo klein war das nun auch wieder nicht. Vielleicht passte sie in meinen Rucksack? Ich war mir nicht sicher, ob sie dort genug Luft zum Atmen bekam.

„Ich kann mich auch zusammenkauern", schlug Dornröschen vor. „Und dann setze ich mich in deine Jackentasche."

„Ja, das könnte gehen."

Jetzt schien sie mir wirklich wie die Prinzessin aus dem Märchen: Schön, freundlich und verständig, dass sie jedermann, der sie ansah, lieb haben musste – so, wie es die weisen Frauen gewünscht hatten.

Zweites Kapitel
In welchem Dornröschen einen Supermarkt unsicher macht

Dornröschen saß nun in meiner Jackentasche. Da war genug Platz für sie, außerdem hing eine kleine Lasche über der Öffnung. Sie bekam natürlich noch genug Luft und wurde trotzdem von niemandem gesehen. Die Jacke war aus leichtem Leinenstoff. Erst hatte sie es ja in meiner Jeansjackentasche versucht. Aber da hatte sie nicht genügend Platz für ihre Beine gefunden.

„Ich habe zwei recht lange Beine", hatte sie voller Stolz gesagt. „Und ich kann sie nicht einfach auf Zwergengröße schrumpfen lassen. Das würde ich auch gar nicht wollen. Und die anderen am Hof sicherlich auch nicht. Als Prinzessin ist man ja Vorbild."

Nun waren wir also mit Mama im Supermarkt. Überflüssig zu erwähnen, dass draußen inzwischen die Sonne schien. Mama hätte sowieso nur behauptet, dass im Park jetzt alles nass sei, deshalb sagte ich nichts.

Mama studierte ihre Einkaufsliste, biss sich auf die Lippen und murmelte ratlos: „Ich glaube, ich hab was vergessen aufzuschreiben. Aber was?"

„Milch oder Butter?", schlug ich vor.

„Nee, nee, das war es nicht", antwortete Mama zerstreut und steckte die Einkaufsliste wieder in ihre Tasche.

Was sie wohl für ein Gesicht machen würde, wenn sie Dornröschen entdecken würde?

Während Mama einen Einkaufswagen holte, schob Dornröschen die Lasche hoch und guckte durch einen kleinen Spalt hinaus. „Heißa, was ist das für ein imposantes Gewölbe!", sagte sie begeistert. „So einen Markt habe ich noch nie zuvor gesehen. Erfrischend ist es hier! Und recht hell dazu. Selbst für Musik ist gesorgt, das lob ich mir!"

Ja, zum Glück lief im Supermarkt das übliche Gedudel. Für ihre geringe Körpergröße hatte Dornröschen nämlich eine erschreckend laute Stimme. Bis jetzt beachtete uns niemand. Und dabei sollte es auch bleiben.

Ich tat so, als müsste ich mir die Schnürsenkel zubinden, und bückte mich. Man kann ja nie wissen, ob nicht irgendein Detektiv einen beobachtet. Leise warnte ich Dornröschen: „Du musst aufpassen und nicht so laut sprechen. Du möchtest doch nicht, dass dich jemand entdeckt. Ich weiß nicht, was dann mit dir geschieht. Vielleicht steckt man dich in einen Käfig und stellt dich aus!"

„Man schone bitte mein Nervenkostüm", sagte Dornröschen erschrocken. „Ich neige zu plötzlicher Ohnmacht. Derlei Schauergeschichten schaden meinem Gemüt und sorgen für Herzrasen! Aber ich werde deinen wohlgemeinten Rat beherzigen."

„Sehr vernünftig", sagte ich zufrieden.

In dem Moment tauchte Mama wieder auf. „Was ist sehr vernünftig?"

„Viel Obst zu essen", sagte ich schnell und zeigte auf eine Weintrauben-Pyramide.

„Die sind doch hier viel zu teuer", sagte Mama. „Die kosten bei *Ali Baba* nur die Hälfte." *Ali Baba* ist unser türkischer Obst- und Gemüsehändler an der Ecke. „Lena, holst du bitte Zitronenkekse?" Mama ließ den Wagen bei mir und verschwand in einem Gang.

Dornröschen zischte: „Mir steht aber der Sinn nach diesen Trauben. Wie groß sie sind! Sie werden mir munden. Und was ist das dort?" Sie zeigte auf einen großen Korb mit gelben Pflaumen. Sie glaubte mir nicht, dass es sich um Pflaumen handelte. Ich spazierte zu den Weintrauben.

„Näher heran!“, zischte Dornröschen ungeduldig. Ich tat wie befohlen. Blitzschnell klappte sie die Stofflasche hoch. Ihre Hände schossen aus der Tasche hervor, pflückten sich ein paar Weintrauben und verschwanden mit der Beute in meiner Jackentasche. Erst hörte ich sie kauen und schmatzen, aber bald darauf jammerte sie. Wahrscheinlich hatte sie eine saure Traube erwischt.

Und wirklich, jetzt begann sie die angebissenen Trauben und Kerne empört aus der Tasche herauszuschleudern. Leider traf sie nicht den Boden, sondern meine Schuhe.

„Widerlich, eine Schande!“, kreischte Dornröschen, all meinen Warnungen zum Trotz. „Schmeißt den Obstzüchter raus! Legt ihn in Ketten! Einer Hoheit serviert man keine sauren Früchte!“

„Leiser!“, sagte ich genervt. Mir waren jetzt auch alle Detektive schnurzpiepegal.

„Du bist hier nicht auf deinem Schloss. Außerdem darf man im Supermarkt erst essen, wenn man bezahlt hat.“ Ein dicker Mann mit Hamsterbacken, fettigen Haaren und Seitenscheitel hatte mich sprechen gehört und nickte mir zustimmend zu.

Der hatte mir gerade noch gefehlt! Hoffentlich war Dornröschen bald satt. Vielleicht würde sie sich dann unauffälliger verhalten.

Natürlich wurde meine Hoffnung enttäuscht.

Dornröschens Appetit war unersättlich und ihre Neugierde, Verschiedenes zu kosten, einfach nicht zu stoppen. Am liebsten wäre sie wahrscheinlich kreuz und quer durch den Laden gelaufen und hätte in den Regalen und Tiefkühltruhen herumgestöbert und alles Mögliche angeknabbert und in sich hineingestopft. Zum Glück blieb sie in der Jackentasche sitzen. Vorerst zumindest.

Ich sah Mama beim Käsestand anstehen und schob den Wagen weiter.

Dornröschen lugte unter der Lasche hervor und dirigierte mich durch die Gänge. Immer unvorsichtiger wurden wir dabei. Ich bemerkte erst zu spät, dass sie inzwischen in meiner Tasche stand wie auf einem Balkon, so dass ihr Oberkörper für alle gut sichtbar war.

„Lena, geradeaus! Nein, halt! Halte an! Sofort!“, rief Dornröschen.

Ich stoppte und hätte dabei fast ein kleines

Mädchen angefahren. Das Mädchen entdeckte Dornröschen natürlich sofort.

„Wer bist du denn?", fragte das Mädchen und starrte sie interessiert, aber kein bisschen erstaunt an. „Du bist soo schön."

Dornröschen lächelte geschmeichelt und fuhr sich mit einem Finger geziert durch die Haare. „Ich bin Dornröschen, liebes Kind", antwortete sie.

„Glaub das ja nicht. Es ist bloß eine sprechende Puppe", sagte ich schnell. „Der letzte Schrei aus Japan."

Das Mädchen musterte Dornröschen nachdenklich und meinte: „Sie ist zwar klein, aber sie sieht irgendwie echt aus."

„Nein, du irrst dich!", versicherte ich dem Mädchen. „Die Japaner sind Zauberer, was das angeht. Sie haben auch künstliche Hunde gebaut, du kannst dir nicht vorstellen, wie echt die erst aussehen!"

„Ich kenne keine Japaner! Keinen einzigen!", sagte das Mädchen und starrte mich mit zusammengekniffenen Augen böse an. „Das da ist gar keine Puppe! Die atmet doch sogar! Ich glaub dir kein Wort! Ich hole jetzt meine Mama. Und dann sagst du uns, wo du das kleine Dornröschen her hast. Ich will auch so eins. Genau so eins!"

„Doch, doch, das ist eine Puppe, glaub mir!“, rief ich dem Mädchen hinterher - und zischte Dornröschen an: „Siehst du, das hast du jetzt davon!“

Das Mädchen sauste schon den Gang entlang und suchte seine Mama. Sie hätte eine lebendige Dornröschen-Puppe gesehen, rief sie.

Glücklicherweise glaubte ihre Mutter ihr kein Wort. Während das zappelnde Mädchen immer wieder jammerte: „Doch, das stimmt, ich hab sie doch selber gesehen und sogar mit ihr gesprochen!“, zerrte ihre Mutter sie erbarmungslos zur Kasse und anschließend zum Ausgang.

Dornröschen murmelte: „Tut mir Leid, ich habe meine Gedanken nicht gezügelt.“

„Ist ja noch mal gut gegangen“, murmelte ich.

Endlich standen wir vor dem Keksregal. Ich nahm die Zitronenkekse.

Der Gang war leer, abgesehen von einer alten Frau, die sich eine Pralinenschachtel dicht vor die Augen hielt.

„Seid gegrüßt, mein Holder ...“, hauchte Dornröschen. Das galt selbstverständlich nicht mir. Und auch ganz bestimmt nicht der alten Frau. Aber wem dann?

Dornröschen lächelte und legte dabei den Kopf schräg. Sie zog beim Lächeln die Lippen so weit auseinander, dass man ihr rosa Zahnfleisch sehen konnte. In dem Moment fiel mein Blick auf die Kekse.

Anscheinend hatte sie den Prinzen von der Prinzenrolle im Visier. Ein Kerl mit goldener Krone, rotem Wams und blauem Umhang zierte die Verpackung. Dornröschen schien er ausnehmend gut zu gefallen. Sie stützte sich mit den Armen auf meine Taschennaht und lächelte den Prinzen, beziehungsweise die Keksverpackung zähnebleckend an.

„Vorsicht!“, zischte ich.

Denn die alte Frau hatte die Pralinenschachtel wieder ins Regal zurückgestellt und kam auf mich zu. Aber Dornröschen hatte nur Augen und Ohren für den Prinzen. Sie versuchte immer noch, ihn zum Reden zu bringen, und gab sich alle Mühe, indem sie ihre Augenlider in gespielter Schüchternheit niederschlug und leise fragte: „Mit wem habe ich wohl die Ehre?“ Dabei wickelte sie sich eine weißblonde Haarsträhne kokett um den Finger, so dass ihr abstehendes Ohr wieder frei lag. „Sind wir uns womöglich beim Pfauenaugenball auf Schloss Hoheland vorgestellt worden?“, säuselte sie.

Natürlich antwortete die Keksverpackung nicht.

Die alte Frau stand nun direkt neben mir. Ich drehte mich so, dass sie Dornröschen nicht sehen konnte. Dornröschen wollte meine Warnung anscheinend nicht ernst nehmen. Also musste ich sie beschützen. Auch wenn sie meiner Meinung nach einen schrecklichen Männergeschmack hatte und es vielleicht gar nicht verdiente, beschützt zu werden.

Ich war nervös. Mein Herz raste. Was würde jetzt geschehen?

Die alte Dame war aber gar nicht auf der Jagd nach kleinen Prinzessinnen. Sie bemerkte Dornröschen nicht einmal. Sie suchte nur eine bestimmte Kekssorte, eine mit Nougatfüllung, dann ging sie weiter. Gefahr vorüber. Und Dornröschen hatte von der brenzligen Situation gar nichts mitbekommen.

„Lena, verrate mir, warum spricht Seine Hoheit nicht mit mir?“, fragte sie mich bedrückt. Sie schien ratlos und wirklich niedergeschlagen zu sein. „Wir sind wohl beide vom gleichen Rang ... dennoch schweigt er.“

Konnte es sein, dass sie eine Brille brauchte? Oder dachte sie wirklich, er wäre echt? Andererseits – sie selbst war ja auch echt! Ich wusste nicht mehr richtig, was ich denken sollte. Vielleicht waren all diese Abbildungen um mich herum lebendig oder konnten es werden und ich hatte es bloß nicht gewusst.

Schließlich sagte ich: „Der ist doch gar kein Prinz, er ist bloß ein Bild auf einer Kekspackung.“

Dornröschen kniff die Augen zusammen und schnaubte empört. Tomatenrot waren nun die königlichen Wangen. „Wenn das der

König hört! So eine Frechheit verdient Strafe. Und zwar eine angemessene. Ins Verließ zu den Ratten und wilden Tieren würde er dich sperren."

„Ach ja?", sagte ich. Ihr Königsvater ließ mich ziemlich kalt. „Und ich würde mein Dasein wohl bei Wasser und Brot fristen?"

„Jawohl! Wenn die Tiere dich zuvor nicht schon gefressen hätten."

Ich zuckte mit den Achseln. „Weißt du, mir würde wahrscheinlich eine gute Fee erscheinen und mir helfen, aus dem Verließ zu fliehen. Und wenn dann dein König die Tür aufsperren würde, wäre ich fort, nur das Brot läge noch dort. Das könnte er sich vor Wut dann an den Kopf schmeißen."

Jetzt war sie stumm, dann fragte sie: „Lena, ist der Prinz wirklich nicht echt?"

„Nein", sagte ich. „Tut mir Leid."

In dem Moment tauchte Mama bei mir auf. „Lena, wo steckst du denn? Kannst du dich bitte schon mal da anstellen und ein Vollkornbrot kaufen?" Sie zeigte auf den Brotstand und legte Kartoffeln, Äpfel und eine Tüte mit Käse in den Wagen.

Ich nickte. Als ich an der Reihe war und gerade das Brot in Empfang nahm, spürte ich eine Bewegung an meinem Bein.

Ohne dass ich es bemerkt hatte, war Dornröschen aus der Jackentasche herausgeklettert, war am Saum nach unten gerutscht und hatte sich fallen lassen.

Ich sah sie zum Obstregal flitzen. Dort erklomm sie in Windeseile – wie ein erfahrener Bergsteiger – den Metallpfosten, hangelte sich hoch und fiel, mehr als dass sie kletterte, in einen großen Korb. Ich sah sie zwischen den Physalis-Früchten, diesen Beeren mit den vertrockneten hellen Blättern, verschwinden. Ich seufzte, ließ den Wagen stehen und rannte los.

Ich kam gerade bei Dornröschen an, als sie herzhaft in eine dieser knallorangefarbenen Früchte biss. Sie kicherte, als das saftige Fruchtfleisch auf ihr helles Kleid spritzte.

„Was soll das?“, fuhr ich sie an. Anscheinend wollte sie unbedingt Aufsehen erregen. Vielleicht sollte ich mich gar nicht mehr um sie kümmern. Dann würde sie schon sehen, was sie davon hatte.

Vielleicht wollte sie auch überhaupt nicht mehr ins Märchenreich zu ihrem rachsüchtigen Königsvater zurück? An welche Stelle im Märchen würde sie eigentlich zurückkehren? Hatte der Prinz sie bereits wachgeküsst?

All das schoss mir durch den Kopf, als sie dort zwischen den Physalis-Früchten hockte, nach immer neuen Beeren grabschte – und jeden Moment entdeckt werden konnte.

Aber etwas in mir wollte nicht, dass die Prinzessin entdeckt und in einen Käfig gesperrt wurde. Schließlich hatte ich sie ja zum Leben erweckt. Dadurch fühlte ich mich für sie verantwortlich.

„Lena, ich glaube, du bist kein tollkühnes Mädchen, sondern ein ziemlich ängstlicher Mensch. Kein bisschen Wagemut“, sagte Dornröschen und kaute ungerührt weiter. Ich konnte sie nicht allzu gut verstehen, da sie ihren Mund noch voll hatte. Es klang ungefähr so: „Isch glaab, du bischt kein tollguhnes Mädschen ... ziemlisch ängschtlicher Mänsch.“

„Lena!“

O Gott, auch das noch: Mama!

Ich griff einfach nach Dornröschen, erwischte sie in der Taille und steckte sie wieder in meine Jackentasche. Dann hastete ich zu Mama, die unseren verwaisten Wagen entdeckt hatte. Kopfschüttelnd sah sie mir entgegen. „Ich hab jetzt alles. Wir können zur Kasse. Ich frag mich nur, was heute mit dir los ist!“

„Nix“, sagte ich und versuchte, so unschuldig wie nur möglich zu schauen. Dornröschen veranstaltete unterdessen in der Jackentasche eine Art stummen Veitstanz. Sie tobte vor Wut und trat mich mit voller Wucht mit ihren spitzen Schuhen in die Seite. Ein

Gefühl, als würde man mich mit einer Häkelnadel traktieren.

Ich bückte mich und zischte: „Wenn das nicht sofort aufhört, lege ich dich in die Gefriertruhe und mache den Deckel zu!"

Leider hatte Mama etwas gehört. Sie musterte mich und sagte: „Lena, ich mache mir wirklich langsam Sorgen." Sie legte sogar die Hand auf meine Stirn. „Du fühlst dich auch ein bisschen heiß an. Geht es dir nicht gut? Willst du deshalb in die Gefriertruhe?"

„Könnte gar nicht besser sein", antwortete ich und war erleichtert. Dornröschen hatte endlich aufgehört, mich zu treten.

Mama sah mich an, als würde sie mich gar nicht kennen, und legte die Waren aufs Band.

In dem Moment hörte ich es. Es hickste.

Auch Mama bemerkte es.

„Hörst du das auch?", fragte sie und grinste. Wahrscheinlich hatte sie die Kassiererin im Verdacht.

„Nein."

Dabei war es kaum zu überhören. Dornröschen hickste und kickste. Sie hatte Schluckauf. Da half nur eines: Luft anhalten. Und wenn das nicht klappen sollte, kannte ich noch einen anderen Trick. Den hatte mir Onkel Jan, Papas Bruder, mal gezeigt. Man muss dem Schluckaufgeplagten etwas Kaltes an den Hals legen und der Schluckauf verschwindet sofort. Wahrscheinlich denkt man im ersten Moment, es wäre ein Messer oder so was, und vor Schreck hört das Hicksen auf.

Aber ich hatte nichts Kaltes in Reichweite, das ich Dornröschen an den Hals hätte legen können.

„Merkwürdig“, sagte Mama. „Und du hörst wirklich nichts?“ Sie schüttelte ihren Kopf, so wie sie es im Schwimmbad immer tut, wenn sie Wasser in die Ohren bekommen hat.

Ich zuckte mit den Schultern und sprang von einem Bein aufs andere.

Das schien zu wirken, denn nun war es mäuschenstill in meiner Jackentasche. Mein schlechtes Gewissen machte sich sofort bemerkbar. Hoffentlich hatte Dornröschen sich nicht den Kopf gestoßen – und eine Gehirnerschütterung bekommen. Oder sich etwas gebrochen! Sie war doch so klein und zart! Vielleicht war sie auch in Ohnmacht gefallen? Sie hatte ja angedeutet, dass das durchaus vorkommen konnte.

Als Mama mich nicht beachtete, guckte ich besorgt in die Jackentasche.

Der Schluckauf war verschwunden. Dornröschen war auch nicht in Ohnmacht gefallen. Sie sah nur etwas blass aus, besonders um die Nase herum, aber ernsthaft verletzt schien sie nicht zu sein. „Alles in Ordnung?“, flüsterte ich.

„Blümerant, höchst blümerant“, flüsterte Dornröschen zurück. Wie sie da mit angezogenen Knien kauerte, erinnerte sie mich an einen zusammengefalteten Schmetterling.

„Wir sind gleich zu Hause, dann kannst du Tee haben“, versprach ich.

Sie tat mir Leid. Ich stellte mir vor, wie es sich anfühlen musste, in meiner Jackentasche zu hocken und hin und her geschaukelt zu werden. Ich nahm mir vor, wieder nett zu ihr sein. Schließlich war sie mein Gast und nur noch für ein paar Stunden hier.

Drittes Kapitel

In welchem man Lenas Mama in Angst und Schrecken versetzt

Wir kamen nach Hause, ohne dass Mama Dornröschen bemerkt hatte. Ich habe meine Jacke im Flur aufgehängt und Mama in der Küche geholfen, die Lebensmittel auszupacken und wegzuräumen. Währenddessen, so hoffte ich, könnte Dornröschen heimlich aus der Jackentasche herausklettern und in meinem Zimmer verschwinden.

Ich konnte ja nicht wissen, dass Mama plötzlich auf die Idee kommen würde, dass sie aufs Klo musste.

Ich hörte sie schreien und lief in den Flur.

Dort stand Mama.

Aber wie sah sie aus!

Sie lehnte mit ausgebreiteten Armen an der Wand, so als würde eine unsichtbare Kraft sie mit aller Macht dagegen pressen.

Ihr Gesicht war bleich. Sie schlug die Hände vor die Augen. „Lena, ich habe was gesehen ... Ich kann es gar nicht begreifen.

Vielleicht werde ich verrückt!“, flüsterte sie. „Du glaubst es nicht, was eben passiert ist! O mein Gott, das gibt es doch gar nicht!“

Mir war sofort klar, was geschehen war: Sie hatte Dornröschen gesehen.

Ich wusste nicht, was ich jetzt tun sollte.

Dornröschen hatte gesagt, es könne Probleme mit ihrer Rückkehr ins Märchenreich geben, wenn sie jemand außer mir sehen würde. Das Mädchen im Supermarkt, fiel mir ein, hatte sie ja ebenfalls bemerkt. Trotzdem hatte Dornröschen nicht gesagt, dass sie nun nicht mehr zurückkönnte. Sie hatte mir auch nicht ausdrücklich verboten, über sie zu sprechen. Was sollte ich tun?

Als ich Mama da so aufgeregt stehen sah, machte ich mir ernsthaft Sorgen um sie. Sie zitterte und bewegte die Lippen auf und ab. Genau wie der Karpfen, den wir erst neulich im Kaufhaus in der Fischabteilung gesehen hatten. Bestimmt glaubte Mama, sie hätte sich Dornröschen nur eingebildet. Sie tat mir absolut Leid. Deshalb beschloss ich, ihr vorsichtig die Wahrheit zu sagen. Aber nur, wenn es unbedingt nötig war ...

„Was ist denn eben passiert?“, fragte ich und kam mir etwas scheinheilig vor. Na ja, sie hätte ja auch eine Maus gesehen haben können. Obwohl das auch wieder unwahrscheinlich war, denn Mama hatte nicht besonders große Angst vor Mäusen.

Mama zeigte mit einem zitternden Finger auf die Garderobe. „Da ... da ist es herausgeklettert!“ Sie starrte meine Jacke an, als erwarte sie, dass noch mehr kleine Wesen aus ihr herausgekrabbelt kämen. „Es war etwa so groß und blond. Ja, lange Haare hatte es, sehr lang.“ Sie zeigte mit ihren Händen – die immer noch zitterten – Dornröschens ungefähre Größe. „Und es hatte ein helles Kleid an und ist da langgewetzt.“ Mama schüttelte sich, dabei zeigte sie auf mein Zimmer. „Und jetzt ... ist es in deinem Zimmer.“

Ich legte meine Hand auf ihren Arm. „Es klingt seltsam, aber du musst dir keine Sorgen machen. Du hast bloß Dornröschen gesehen. Sie ist für einen Tag bei uns.“

Mama guckte mich an, als wäre ich nicht ihre Tochter, sondern nur ein Wesen, dass mir zufällig zum Verwechseln ähnlich sah.

„Was soll das heißen, es ist bloß Dornröschen?“ Sie sagte das so, als würde es sich bei dem Namen um eine seltene Krankheit handeln, als hätte sie noch nie zuvor etwas von Dornröschen gehört.

„Na, die aus dem Märchen. Die Königstochter, die von der bösen Fee verwunschen wurde, weil ihr Vater die Fee nicht zu ihrer Taufe eingeladen hat. Er konnte sie doch aber nicht einladen, weil er nur zwölf goldene Teller hatte und es dreizehn Feen waren.“

„Zwölf goldene Teller?“, wiederholte Mama verwirrt.

O Gott, langsam machte ich mir wirklich Sorgen um Mama. Ihre Augen zuckten. Sie wirkte verstört und begann jetzt auch noch an ihren Nägeln zu kauen. So etwas hatte sie noch nie vor meinen Augen getan.

„Ja, zwölf Teller“, sagte ich noch einmal geduldig. „Aber das ist jetzt egal. Ich hab vorhin Dornröschen gemalt und dann ist sie auf einmal aus dem Papier geklettert. Wie so etwas möglich ist, das weiß ich eigentlich auch nicht.“

Mama presste die Lippen zusammen.

„Es ... es ist also echt?“ Wieder zeigte sie mit dem Finger auf mein Zimmer.

„Ja, sag ich doch. Und ich werde jetzt nachschauen, was sie überhaupt treibt. Und sie wird auch nur für zwölf Stunden bei uns zu Gast sein. Das heißt, heute Abend ist sie wieder weg, sie ist nämlich schon eine Weile hier.“

„Für zwölf Stunden?“

Hilfe, warum wiederholte Mama alles, was ich sagte? War ich auch so schwer von Begriff? Immerhin war sie ja meine Mutter. Und unsere Lehrerin sagt, man würde so einiges von den Eltern erben.

Ich beschloss, sie besser alleine zu lassen, sie hatte ja viel zu verarbeiten, und ging in mein Zimmer.

Aber Mama stammelte ängstlich: „Lena, bitte geh ... geh da lieber nicht rein!“ Was erwartete sie? Vielleicht die böse Fee? Natürlich hörte ich nicht auf sie!

Mein Zimmer war leer. Das heißt, richtig leer war es natürlich nicht. Das Bett, der Schrank, das Trampolin und der andere Kram standen da noch genauso wie immer, aber von Dornröschen fehlte jede Spur.

Wo war sie? War sie wieder in ihr Schloss gereist? Wahrscheinlich hatte sie einfach die Nase voll – von Mama. Genau wie ich. Hätte sie nicht trotzdem noch ein wenig hier bleiben können? Wie gewonnen so zerronnen. Sagte Hella doch immer. Jetzt wusste ich wenigstens, was sie damit meinte.

Mir war zum Heulen zu Mute. Traurig setzte ich mich aufs Bett. Kein Luis, keine Anna und auch kein – wenn auch noch so nerviges – Dornröschen. Nur eine Mama in der Küche, die irgendwie gar nichts kapierte. Ich war wütend.

„Ich sehe was, was du nicht siehst - und das ist blond!“ Jemand kicherte.

Das war doch Dornröschens Stimme!

„Wo bist du?“, rief ich erleichtert und sprang wieder auf.

Wieder kicherte Dornröschen – und da entdeckte ich sie. Sie saß im Regal, direkt neben meiner dunkelhaarigen Barbie-Puppe mit der Pagenkopffrisur.

Dornröschen war etwas kleiner als Barbie. Aber Barbies Cowboyhut passte ihr wie angegossen. Sie strahlte mich an und schaukelte mit den Beinen. Sie sah ganz schön verwegen aus, mit diesem Hut auf dem Kopf und ihrem mittlerweile ziemlich fleckigen Kleid. Auch ihre feinen Schuhe waren nicht mehr strahlend weiß, sondern eher grau. Die wunderschöne Königstochter baute in rasanter Zeit ab. Wer weiß, was mit ihr geschehen würde, bliebe sie länger als zwölf Stunden hier ...

„Du hast meine Mutter eben ganz schön erschreckt“, sagte ich vorwurfsvoll. „Hättest du dich nicht verstecken können?“

„Man möge mir vergeben, aber wie sollte ich ahnen, dass sich unsere Wege unerwarteterweise kreuzen?“

Dornröschen schüttelte bedauernd ihren Kopf. „Ferner kenne ich mich in euren Gemächern nur unzulänglich aus, daher blieb mir nur der Rückzug in dein Spielzimmer.“

„Okay, aber jetzt musste ich Mama leider die Wahrheit über dich sagen.“

Dornröschen zuckte mit den Schultern. „Dann kann ich nur hoffen, dass sich keine Fee daran stört.“

„Lena?“ Mamas Stimme klang, als wäre sie am Ertrinken. Aber bei uns im Flur konnte man nicht ertrinken.

„Alles in Ordnung!“, rief ich zurück. Dann fragte ich Dornröschen: „Sag, was passiert jetzt, wo das Kind im Supermarkt und meine Mutter dich gesehen haben? Hast du nicht gesagt, das wäre gefährlich für dich?“

Dornröschen meinte: „Deine Mutter macht mir nicht den Eindruck, als würde sie mich gegen meinen Willen hier in eurer Welt behalten wollen. Also kein Grund zur Beunruhigung. Oder wie man bei uns auf dem Schloss sagt, abwarten und Tee trinken."

„Oh, das sagt Mamas Großtante Hella auch immer!", rief ich und war doch erstaunt, dass man Hellas Weisheiten sogar bei Hofe verwendete. Wer hätte das gedacht!

Dornröschen streckte mir ihre Arme entgegen. „Man möge mich bitte hinunterheben und auf ein weiches Kissen betten."

„Ich bin nicht man, ich bin Lena", sagte ich und verschränkte die Arme vor der Brust. Obwohl sie mir vorhin noch Leid getan hatte, war ich jetzt wild entschlossen, mich nicht länger von ihr herumkommandieren zu lassen, auch wenn sie zehnmal eine Hoheit war. Ich wollte, dass sie mich direkt ansprach.

„Liebe Lena, ich möchte ein wenig ruhen, kannst du mich bitte in dein Bett legen, bitte?"

Okay, okay, wenn sie so mit mir redete, gab es keinen Grund, ihr diese Bitte abzuschlagen. Ich nahm Dornröschen in meine Arme und spürte, wie ihr Körper augenblicklich schwerer wurde und sie in einen tiefen Schlaf fiel. Sie schien echt erschöpft zu sein.

Ich beschloss, sie in das Puppenbett zu legen und Dixi – meinen Bären – so lange auszuquartieren. Den Cowboyhut bekam Barbie zurück. Ich deckte Dornröschen zu. Perfekt. Das Bett war wie für sie geschaffen.

„Lena“, wisperte Mama. Sie hatte all ihren Mut zusammengenommen, stand nun am Türrahmen und biss immer noch auf ihrem Finger herum. „Ist es noch da?“

„Dornröschen schläft“, flüsterte ich.

„Wo denn?“ Mamas Neugierde schien mittlerweile größer zu sein als ihre Angst. Leise schlich sie näher und spähte dabei in mein Bett.

„Nein, ich habe sie hierhin gelegt.“ Ich zeigte auf das Puppenbett.

Mama zuckte zurück, als hätte sie einen Pestkranken entdeckt. Ich meine, wir haben noch nie einen Pestkranken gesehen, aber sehr viel anders könnte ihre Reaktion dann auch nicht ausfallen.

„Da liegt es also und ist wirklich echt“, flüsterte sie und fuhr sich mit der Hand über ihre Stirn. Auf der sich übrigens kleine Schweißperlen sammelten. Sie murmelte nervös: „Wo kommt sie bloß her? Und warum ist sie ausgerechnet bei uns gelandet?“

Ich zog Mama aus dem Zimmer zurück in die Küche. Willig ließ sie das mit sich geschehen, folgte mir und plumpste folgsam auf den Stuhl, den ich ihr hinschob. Ich zeigte ihr den Beweis: meinen Zeichenblock.

„Hier ist es, da ist sie vorhin herausgeklettert."

Mama betrachtete stirnrunzelnd das Blatt. Viel war darauf logischerweise nicht mehr zu sehen. Nur wenn man ganz genau hinschaute, entdeckte man Dornröschens haarfeinen, zarten Umriss, der auf dem Blatt zurückgeblieben war.

„Das soll ich dir glauben? Da ist ja gar nichts drauf", stellte Mama fest.

„Glaub es oder glaub es nicht, hier ist sie vorhin jedenfalls herausgestiegen", erklärte ich wieder.

Mama nickte, blickte mich an und dann auf das Blatt. Sie seufzte und drehte den Block ratlos zwischen ihren Fingern, als würde sie so eine Antwort finden.

„Es kann übrigens nicht sprechen", erklärte ich.

„Das Wesen in deinem Zimmer? Ist es stumm?"

O Mann, sie war wirklich schwer von Begriff! „Nein, ich meine das Blatt Papier. Du guckst es so an, als solle es dir etwas sagen."

Mama murmelte etwas und ging zur Spüle. Dort drehte sie den Hahn auf, ließ kaltes

Wasser über ihre Hände laufen und benetzte auch ihre Stirn. Ich wollte ihr Zeit geben, sich zu sammeln, und ging wieder zurück in mein Zimmer.

Dornröschen schlief immer noch. Sie hatte sich im Puppenbett auf die Seite gedreht und ihren Kopf auf ihre gefalteten Hände gelegt. Sie sah süß und friedlich aus und hatte nur noch wenig Ähnlichkeit mit der wilden Prinzessin von heute Vormittag.

Ich überlegte, ob ich sie schlafend mit zu Hella nehmen sollte.

Und dann dachte ich darüber nach, ob Dornröschen hier in meinem Zimmer etwa in ihren hundertjährigen Schlaf gefallen war. Aber dann überlegte ich, dass sie sich schließlich an keiner Spindel gestochen hatte – so etwas besaß ich nicht – und dass sie wohl wirklich nur erschöpft und müde war.

Viertes Kapitel
Die Prinzessin fordert einen Handkuss

„Schläft es immer noch?“, flüsterte Mama.

„Siehst du doch“, zischte ich zurück. Schließlich hatte Dornröschen die Augen geschlossen. Außerdem schnarchte sie ein wenig.

Ehe ich es verhindern konnte, beugte Mama sich ganz dicht über Dornröschen. Wirklich, es sah fast so aus, als wolle sie sich auf sie legen. Und dann stupste sie sie auch noch mit ihrem Zeigefinger, tippte ihr mitten ins Gesicht, genauer gesagt auf die Nase.

Dornröschen klappte die Augen auf und schrie. Was ja kein Wunder war. Ich würde auch schreien, wenn ich aus dem Schlaf gerissen würde und sich eine Riesin über mich beugen und mich betatschen würde.

Mama zuckte zurück, als hätte sie eine Wespe gestochen. „Was hat es denn?“

„Du hast sie erschreckt“, antwortete ich. Meine Güte, Mama konnte jedem Elefant Konkurrenz machen. Den Elefant im Porzellanladen meine ich. Ich hatte gar nicht gewusst, dass Mama so ein Trampel ist. Offensichtlich hatte sie ernsthafte Probleme, sich in eine handgroße Prinzessin hineinzuversetzen. Und so jemand war nun meine Mutter.

„Es schreit nicht mehr“, sagte sie gerade mit zufriedener Stimme.

Dornröschen richtete sich zu ihrer vollen Größe auf, streckte ihren Arm aus und zeigte mit dem Finger auf Mama. Ihre Stimme zitterte vor Empörung, als sie rief: „Ich bin kein ES! Ich bin Dornröschen! Ich bin eine Königstochter, eine holde hochwohlgeborene Prinzessin, eine Hoheit, meine Eltern sind König und Königin. Die Feen schenkten mir Wundergaben wie Tugend, Schönheit und Reichtum. Man nenne mich also nicht ES! Ich verbitte es mir! Sonst ...“ Dornröschen wusste nicht weiter. Zornig kratzte sie sich am Kinn und fuchtelte noch ein wenig mit ihrem kleinen Finger vor Mamas Gesicht herum.

Mama lächelte bloß und verschränkte ihre Arme vor der Brust. „Dornröschen, ich will dir mal was sagen: Hier, in dieser Wohnung in dieser Familie, bin ich Königin. Mein Name, Euer Hoheit, ist im Übrigen Lisa Jakobi.“

Mamas Stimme hatte selten so spöttisch geklungen, aber Dornröschen schien mit dieser knappen Erwiderung zufrieden zu sein. Sie neigte daraufhin huldvoll ihren Kopf ein wenig zu Seite und reichte Mama ihre Hand. Mir kam es ein bisschen wie im Western vor, wenn Indianer ihren Feinden die Friedenspfeife anbieten.

„Ich glaube, du sollst ihre Hand küssen", sagte ich und war gespannt, was Mama tun würde.

„Mach ich nicht", sagte Mama. „Mir küsst auch keiner die Hand. So ein Quatsch! Außerdem hab ich jetzt keine Zeit für solche Mätzchen. Ich muss noch zwei Briefe schreiben. Ich will nachher pünktlich weggehen. Ich habe keine Lust, mir wieder anhören zu müssen, dass wir immer die Letzten bei Hella sind."

Ich grinste, denn mir war es egal, ob wir wieder die Letzten sein würden. Wenn es nach mir gegangen wäre, hätten wir auch gar nicht zu Hella gehen müssen. Ich war dort immer das einzige Kind. Meine Verwandtschaft hatte nicht gerade fleißig für Nachkommen gesorgt.

Mit Dornröschen im Schlepptau würde das Ganze aber vielleicht etwas weniger langweilig werden.

Das Telefon läutete und Mama ging aus dem Zimmer.

Dornröschen zog beleidigt ihre ungeküsste Hand zurück. „Deine Frau Mutter weiß nicht, was sich gehört. Wenn sie das bei uns gewagt hätte, hätte sie mein Vater, der König, ins finstere Verlies …“

„Ja, ich weiß“, unterbrach ich sie. „Er hätte sie zu den gefräßigen Löwen und Krokodilen werfen lassen. Zusammen mit den anderen Wesen aus eurem Königreich, die es jemals gewagt haben, sich euch zu widersetzen. Aber du darfst Mamas Verhalten nicht persönlich nehmen. In unserer Familie geht es eben anders zu als bei euch am Hofe. Übrigens, meine Mutter würde mich oder unsere Gäste niemals in den Keller sperren!“

Ich malte mir aus, was Mamas Freundinnen dazu sagen würden, wenn Mama sie und ihre Kinder in unseren Keller sperren würde – und musste grinsen. Immerhin würden sie bei uns keine wilden Tiere erwarten, höchstens ein paar Spinnen. Mama sagt, es sei ein blödes Ammenmärchen, dass Frauen vor Spinnen Angst hätten, sie kenne, wenn überhaupt, nur Männer, die diese Tiere fürchteten.

Dornröschen schaute mich schräg von der Seite an und kniff ihre Augen ein wenig zusammen. Mürrisch sah sie aus. Ich beschloss, ihre miese Stimmung einfach zu ignorieren. Schließlich war sie nicht ewig hier. Wir sollten diese kostbare Zeit besser nicht mit Streitigkeiten vertrödeln.

„Falls du etwas anderes anziehen möchtest, weil dein schönes Kleid ein wenig bekleckert ist, hab ich hier Sachen für dich." Ich legte ihr Barbies Klamotten hin. Schrille Sachen waren dabei: rosa glänzende Hosen mit Schlag, ein knallrotes Abendkleid sowie ein gelbes Strandkleid und ein weißes, kurzes Tenniskleid. Außerdem hatte ich noch ein paar mit Federn besetzte Hüte gefunden und einen schwarzen Lackmantel.

„Oh, tandaradei! Was für besondere Kleider! Und was für ungewöhnliche Stoffe!" Dornröschen klatschte in ihre Hände. Sie war richtig aus dem Häuschen vor Freude.

Erstaunlicherweise passten ihr fast alle Sachen wie maßgeschneidert. Nur das rote Abendkleid war zu eng.

Dornröschen seufzte und kniff sich in die Hüfte: „Alles Hüftgold. Ich habe in letzter Zeit wohl zu viel Nougattrüffel geschlemmt."

Sie entschied sich für das gelbe Strandkleid

und setzte sich einen Jägerhut mit grauer Feder auf ihr blondes Haar.

Wir überlegten, dass sie wahrscheinlich am wenigsten auffallen würde, wenn ich sie gemeinsam mit Barbie mitnahm. Jeder, der Dornröschen sah, würde sie ebenfalls bloß für eine Puppe halten. So würde sie die Möglichkeit haben, dabei zu sein und dennoch unentdeckt zu bleiben. „Denk an den Käfig“, warnte ich sie wieder. „Da drin willst du bestimmt nicht enden, oder? “

Dornröschen schüttelte entschieden den Kopf.

„Okay, dann musst du dich total unauffällig verhalten. Wenn dich jemand sieht, musst du so tun, als wärst du bloß eine Puppe.“

„Nichts leichter als das“, sagte Dornröschen fast empört, als würde sie sich darüber wundern, dass ich ihr so wenig zutraute.

Und ich? Ich hoffte sehr, dass sie sich diesmal an unsere Abmachung halten würde.

Mama kam mit dem Hörer am Ohr zurück. An der Zimmertür blieb sie stehen und klopfte mit einem Finger überhöflich an den Türrahmen. Was war denn los? So was macht sie sonst eher selten.

„Ich frag sie“, sagte Mama in den Hörer. Dann erklärte sie mir, dass Papa eine wichtige Akte zu Hause vergessen habe und dass es ganz toll und ganz lieb von mir wäre, wenn ich die Akte schnell noch in sein Büro bringen könnte.

Papas Büro ist ganz bei uns in der Nähe. Sein Job ist es, Firmen zu beraten. Mit seiner Hilfe können sie dann Geld sparen. Dafür muss er natürlich alles Mögliche über die Firmen wissen und Tag für Tag an einem Schreibtisch hocken und rechnen.

„Von mir aus", sagte ich und dachte, dass es ganz schön geschickt von Papa war. Jetzt ließ er sich Arbeit ins Büro bringen und konnte später behaupten, dass er genau wegen dieser Akte erst viel später zu Hella kommen konnte.

Mama hatte den Hörer wieder aufgelegt.

„Ich gehe am besten gleich los", sagte ich. „Dornröschen nehme ich mit. Ich stecke sie zusammen mit Barbie in meinen Rucksack. Das ist besser als in der Jackentasche. Für die Jacke ist es jetzt sowieso zu warm." Das war noch ein Wink an Mama, weil sie mir nicht erlaubt hatte, mich mit Anna, Luis und den anderen im Park zu treffen. Ein Wink, der ihr aber völlig entging.

Ich konnte ihr ansehen, dass ihr das Ganze immer noch ein wenig unheimlich war. Als ihr Blick zufällig auf Dornröschen fiel, schüttelte sie den Kopf ein wenig, so als könne sie einfach nicht glauben, was sie sah.

Dornröschen hingegen war bestens gelaunt. Der kurze Mittagsschlaf hatte ihr gut getan und Barbies Kleid stand ihr ausgezeichnet. „Lena, lass uns schnell aufbrechen. Ich will sehen, wo dein Vater herrscht."

Ich wollte ihr erst erklären, dass sie sich da völlig falsche Vorstellungen machte, aber dann ließ ich es bleiben. Das würde sie ja gleich sehen.

Fünftes Kapitel
Wie man einen Schaden anrichtet

Draußen war es richtig warm. Luis und Anna saßen bestimmt in der Eisdiele. Wie gerne hätte ich jetzt bei ihnen gesessen und Erdbeereis gegessen. O Mann, die würden Augen machen, wenn ich dort Dornröschen aus meinem Rucksack hervorzauberte!

Aber das ging ja leider nicht. Erstens durfte ich Dornröschen niemandem zeigen. Zweitens sollte ich jetzt nur die Akte bei Papa abgeben und gleich wieder nach Hause gehen, um Mama später bei Hella Beistand zu leisten.

So ein Pech aber auch, dass Luis schon morgen in die Ferien fuhr! Und Annas Familie reiste in ein paar Tagen nach Österreich. Ärgerlich kickte ich eine leere Schachtel zur Seite. Okay, wenn ich in den Park gegangen wäre, hätte ich Dornröschen nicht gemalt und sie nie kennen gelernt. Das wäre irgendwie schade gewesen.

Ich trug den Rucksack mit ihr übrigens nicht auf dem Rücken, sondern in meinen

Armen. Nach dem Supermarkt-Erlebnis wollte ich sie lieber gut im Blick haben. Und tatsächlich – da tauchte auch schon ihr Kopf auf. Sie schob die Rucksack-Lasche hoch und lugte vorsichtig heraus. Ich wich gerade einem Hundehaufen aus und wäre vor Schreck fast hingefallen, als sie plötzlich kreischte: „Lena, was sind das hier für garstige Wesen? Rollende, schnaubende Ungeheuer?"

Was meinte sie bloß? Und dann begriff ich, dass sie von den Autos sprach. Auf dem Weg zum Supermarkt vorhin hatte sie brav in meiner Jackentasche gehockt, ohne hinauszulinsen wie jetzt. Das waren also die ersten Autos, die sie in ihrem Leben sah. Ich erklärte ihr hastig, dass das Fahrzeuge waren und keine Ungeheuer.

„Fahrzeuge?", wiederholte Dornröschen erstaunt. „Das sollen Kutschen sein? Und wo sind da die Pferde? Diese Ungeheuer bewegen sich ja ganz von selbst. Nein, fürwahr, so etwas hat man noch nicht gesehen! Und wie seltsam es aussieht, dass sie ihre Luft hinten hinauspusten und nicht vorne durch die Nase. Aber ihre Gesichter scheinen sich dennoch vorne zu befinden." Dornröschen zeigte auf zwei runde Scheinwerfer, die zusammen mit der Stoßstange tatsächlich ein bisschen an ein Gesicht erinnerten.

„Ich weiß nicht, wie sie auf kleine Prinzessinen reagieren. Vielleicht ungehalten? Es wäre also besser, du versteckst dich wieder", sagte ich. Und diesmal tat Dornröschen ohne Widerspruch, was ich ihr sagte, und tauchte prompt in meinem Rucksack unter. Nicht mal eine Haarspitze schaute noch hervor.

Und dann standen wir auch schon vor dem gelben alten Haus, in dem sich Papas Büro befindet.

Jakobi & Taschenhut
Unternehmensberatung
Termine nur nach telefonischer
Vereinbarung

Das steht auf dem blinkenden Messingschild neben der Haustür. Ich läutete und Frau Rothbunds Stimme krächzte durch die Sprechanlage. Die Rothbund ist Papas Sekretärin.

„Ich bin's, Lena. Ich muss etwas für meinen Vater abgeben", sagte ich.

Es summte und ich konnte die Tür öffnen.

„Sind wir jetzt in einem Haus?“, fragte Dornröschen neugierig. Mutig hatte sie ihren Kopf wieder ein wenig unter der Rucksack-Lasche hervorgeschoben.

„Ja, und jetzt müssen wir in den dritten Stock. Wir können mit dem Fahrstuhl fahren“, sagte ich.

Es ist einer dieser alten Fahrstühle, der sich hinter einer Art Gitter befindet. Die Türen sind aus Holz, mit Messinggriffen und echten Glasfenstern, und im Inneren hängen Spiegel.

„Ein Käfig! O nein, es behagt mir ganz und gar nicht, in dieses Gefängnis zu steigen ...“, hauchte Dornröschen erschrocken und krallte sich mit ihren Fingern so fest in den Rucksack, dass das Weiße an ihren Knöcheln hervortrat.

„Nicht doch, das ist doch bloß ein Fahrstuhl, ein Gerät, das uns hochfährt“, versuchte ich sie zu beruhigen.

„Das ist was?“, flüsterte Dornröschen und wiederholte: „Ein Fahrstuhl? Ein fahrender Stuhl?“

„Nein ... ja ...“ Mein Gott, wie erklärt man bloß einen Fahrstuhl? Ich überlegte kurz. „Es funktioniert ein bisschen so, wie du es vielleicht von einem Brunnen kennst: Man lässt den Eimer hinunter und zieht ihn wieder herauf."

„Ach ja?", sagte sie zweifelnd und blickte den „Käfig" immer noch mit weit aufgerissenen Augen an.

Ich betrat den Fahrstuhl, schloss die Tür und drückte auf die Drei.

Als sich der Fahrstuhl in Bewegung setzte, rief Dornröschen aufgeregt: „Was ... was geschieht hier? Wir schweben! Wie kann das sein? Hilfe, ich bin in einem Zauberstuhl! Das ist ja fast besser als der fliegende Teppich!" Sie kicherte noch hysterisch, als der Fahrstuhl schon im dritten Stock angekommen war.

„Ruhe jetzt!", fuhr ich sie an. „Ich gehe da nur schnell rein und gebe meinem Papa die Akte. Ich weiß nicht, ob er gerade allein im Büro ist oder ob ein Kunde bei ihm sitzt. Sei bitte vorsichtig und leise, ja?

Dornröschen nickte und kicherte noch zweimal, ehe sie sich wieder gehorsam im Rucksack versteckte.

„Lena, grüß dich!" Frau Rothbund stand in der geöffneten Tür. „Dein Papa telefoniert gerade mit Japan", meinte sie.

Das klang, als würde er mit dem ganzen Land gleichzeitig sprechen.

„Aha.“

„Du kannst ja hier auf ihn warten und dabei Herrn Tellermann ein bisschen Gesellschaft leisten.“ Mit „hier“ war der kleine Vorraum gemeint, in dem Frau Rothbund ihren Schreibtisch hat. Zwei bequeme Ledersessel stehen auch noch dort. In dem einen Sessel saß nun besagter Herr Tellermann. Eindeutig ein Anzugmann. Wie Papa, nur viel dicker.

Herr Tellermann wartete bereits ungeduldig auf Papa, was er dadurch zeigte, dass er ständig auf seine Armbanduhr schaute. Meinen Gruß ignorierte er eiskalt. Ich ging lieber wieder zu Frau Rothbund, die an ihrem Schreibtisch am Computer saß, und stellte den Rucksack vorsichtig auf dem Boden ab. „Ich hab eigentlich nur eine Akte für Papa. Die kann ich einfach bei Ihnen lassen und wieder gehen, wenn er jetzt so-wieso keine Zeit hat.“

Frau Rothbund lächelte: „Dein Papa ist gleich fertig. Und bestimmt freut er sich, wenn du ihm die Akte selbst gibst.“ Sie schob ihren roten Zopf zur Seite und fragte: „Und du? Freust du dich schon auf die Ferien?“

„Ja schon, nur leider fahren wir erst in drei Wochen. Und genau dann kommen die anderen alle wieder.“

„Das ist aber wirklich ärgerlich", sagte Frau Rothbund mitfühlend.

Herr Tellermann stemmte sich ächzend aus dem Sessel, watschelte zum Schreibtisch und fragte mit näselnder Stimme: „Sagen Sie mal, wie lange soll ich hier eigentlich noch sitzen und warten? Meinen Sie vielleicht, ich hätte alle Zeit der Welt?"

Frau Rothbund versuchte ihn zu beruhigen.

In dem Moment öffnete Papa seine Tür. Er sprach immer noch in den Hörer und lächelte Tellermann und mir zu. Ich hielt die Akte hoch und legte sie der Rothbund auf den Tisch. „Ich gehe am besten wieder", sagte ich.

Papa nickte, winkte und warf mir zwei Küsschen durch die Luft zu. Dann bedeckte er kurz mit der einen Hand den Hörer und flüsterte: „Vielen Dank, Lena, bis später."

Tellermann schnaufte und verlangte, augenblicklich zu Papa vorgelassen zu werden.

Natürlich kam es dann, wie es kommen musste.

Ich bückte mich und griff nach dem Rucksack, dabei sah ich schon, dass er offen stand und leer war. Na ja, leer war vielleicht das falsche Wort, denn immerhin saß da noch Barbie mit ihren blicklosen Augen.

Meine Knie zitterten. Warum tat Dornröschen mir das an? Sie hatte doch versprochen, diesmal vorsichtig zu sein. Diese unmögliche, eigensinnige Person!

Ich hatte aber keine Zeit, lange wütend zu sein. Hier standen jede Menge technische Geräte herum. Wer weiß, was geschah, wenn

Dornröschen einen falschen Knopf drücken würde.

Ich guckte rechts die Regale an der Wand an. Nichts. Ich schaute in Papas Zimmer. Er kehrte uns allen wieder den Rücken zu und sprach immer noch in den kleinen Hörer, den er dicht ans Ohr gedrückt hielt. Keine Spur von Dornröschen.

Der dicke Tellermann rief: „Gut, dann gehe ich. Sie sind schließlich nicht der einzige Unternehmensberater in der Stadt!"

Frau Rothbund versuchte ihn zu beschwichtigen. „Es dauert wirklich nicht mehr lange, Herr Tellermann. Bitte, haben Sie doch noch einen Augenblick Geduld."

Und da entdeckte ich Dornröschen. Sie saß unter Frau Rothbunds Schreibtisch direkt auf dieser großen Telefonanlage, die sich wiederum auf einem kleinen Extra-Tischchen befindet.

Dornröschen hatte ihre Beine ausgestreckt und amüsierte sich köstlich, wenn ihre Füße abwechselnd auf verschiedene Tasten tippten, die daraufhin fiepten und blinkten.

O nein, das durfte sie nicht tun! Es piepte und ratterte und dann war es plötzlich still.

Frau Rothbund ließ von Herrn Tellermann ab und blickte erstaunt auf ihren Computer, dessen Bildschirm auf einmal schwarz geworden war.

Und Papa ... Papa drehte sich um, sagte noch etwas in den Hörer, den er ungläubig anschaute, um im nächsten Augenblick zu schreien: „Die Japaner sind weg! Einfach aus der Leitung verschwunden. Dabei waren wir kurz davor, uns endlich zu einigen!“ Verzweifelt schüttelte Papa den Hörer, als könne er so die Japaner einzeln herausholen.

„Frau Rothbund!“, rief Papa schließlich.

„Ja, Chef?“ Frau Rothbund stand mit rotem Kopf an ihrem Schreibtisch und versuchte herauszufinden, was mit dem Computer nicht stimmte.

„Wir müssen unbedingt versuchen, die Verbindung mit Japan wiederherzustellen! Sofort!“

„Ja, Chef, ich habe hier aber auch ein Problem ..."

Papa war fassungslos. Er bemerkte gar nicht, dass ich immer noch da war. Er fuhr sich immer wieder durch seine kurzen Locken und stöhnte, als hätte er Zahnschmerzen.

Allerhöchste Zeit zu verschwinden!

Ich kniete mich schnell auf den Boden, schnappte mir Dornröschen und setzte sie behutsamer, als mir eigentlich lieb war, in den Rucksack zurück. Noch nicht einmal der alberne Jägerhut fiel ihr vom Kopf. Am liebsten hätte ich sie kopfüber in den Rucksack gestopft, so sauer war ich, aber das traute ich mich nicht.

Ich versuchte, mich damit zu trösten, dass sie wenigstens nicht auch noch Papas Schreddermaschine entdeckt hatte. Diese Maschine vernichtete Papier, zerschnitt es in schmale Streifen. Nicht auszudenken, was Dornröschen mit ihr alles hätte anrichten können.

„Saftladen hier", schimpfte Tellermann und lenkte Papa glücklicherweise von mir ab. Ich stolperte fast über meine eigenen Füße, als ich aus dem Büro in den Hausflur hechtete. Im Hintergrund hörte ich noch, wie Papa rief:

„Aber Herr Tellermann, so beruhigen Sie sich doch! Nehmen Sie bitte wieder Platz, wir haben die Situation bestimmt gleich im Griff. Ich versichere Ihnen ...“

Ich nahm diesmal nicht den Fahrstuhl, sondern lief so schnell es ging die Treppe hinunter, rannte bis zur Haustür und holte erst wieder Luft, als ich draußen stand. Puh.

„Spielverderber, Spielverderber“, zischte Dornröschen.

Jetzt langte es mir aber. Ich schüttelte den Rucksack einmal kurz. So!

„Weißt du eigentlich, was du da drinnen angerichtet hast?“, schrie ich sie an.

Zaghaft taucht Dornröschens Kopf aus dem Rucksack auf. „Lena, entschuldige bitte ... Und was habe ich denn Schlimmes angerichtet? Ich ... ich habe doch nur gespielt ...“

So zerknirscht hatte ich sie noch nie erlebt. „Ach, ist schon gut“, murmelte ich, obwohl ich immer noch wütend war.

„Es war großartig dort!“ Ihre Augen glänzten. „Lena, warum hast du mir nicht gesagt, dass dein Vater so ein meisterhafter Glühwürmchen-Züchter ist? Aber wie hat er sie nur alle in diesen komischen Kasten bekommen? Und wieso können sie piepen und fiepen?“

Ein meisterhafter Glühwürmchen-Züchter? Ob Papa sich über das Kompliment freuen würde? Wahrscheinlich waren ihm funktionierende Telefone und Computer wichtiger. Aber wie sollte eine Prinzessin aus dem Märchenreich, wo es keine Telefone und Computer gab, dafür Verständnis haben?

Sechstes Kapitel
In welchem großes Staunen herrscht

Wieder zu Hause, musste ich mich erst mal mit einer Apfelsaftschorle stärken. Auch Dornröschen bekam etwas zu trinken, aus einer Puppentasse. Auch einen Keks gab ich ihr und Rosinen, die für sie ungefähr so groß waren wie für mich ein Apfel. Als sie aufs Klo musste, half ich ihr und stellte ihr das Puppentöpfchen hin, das ich anschließend diskret entleerte.

„Seid ihr fertig?“, rief Mama aus dem Flur. Als hätte eine Fee sie im Schlafzimmer überrascht und verwandelt, war Mama nun pausenlos am Lächeln. Sogar eine Tasche für Dornröschen hatte sie herausgesucht. Die sei doch bequemer als der „olle Rucksack“. Eigentlich hatte sie die Blumen für Hella darin transportieren wollen, nun durfte Dornröschen darin Platz nehmen. Die Tasche war wirklich super, groß genug für Dornröschen, und wieder nahmen wir eine Barbie als Tarnung mit. Wir entschieden uns für die Cowboy-Barbie, die ein ockerfarbendes Lederkleid trug.

Dornröschen setzte sich, ohne sich zu zieren, neben Cowboy-Barbie. Die Cowboy-Barbie hielt in der einen Hand ein Lasso, nach der anderen Hand griff Dornröschen.

Endlich gingen wir los.

Auf dem Weg zu Hella war bei Mama nun gar nichts mehr zu spüren von Scheu und Verstörung. Ganz im Gegenteil, sie plauderte mit Dornröschen so unbeschwert, dass man hätte meinen können, Dornröschen wäre so eine Art Brieffreundin, die das erste Mal bei uns in der Stadt zu Besuch wäre – und keine zwanzig Zentimeter große Königstochter aus dem Märchenreich.

Mama schwatzte drauflos und löcherte Dornröschen mit neugierigen Fragen über das Schloss, die Räumlichkeiten und die Gepflogenheiten bei Tisch. Anscheinend witterte Mama eine Chance, alles Mögliche über Gewohnheiten bei Hof zu erfahren und somit ihren – heimlich – Klatschblatt lesenden Freundinnen in Zukunft um Längen voraus zu sein.

„Dornröschen, wie viele Zimmer hat euer Schloss eigentlich?", wollte Mama wissen.

„Meint Ihr, wie viele Gemächer wir haben? Denn für das Gesinde gibt es natürlich noch Extra-Zimmer."

Mama nickte verständnisvoll.

„Hm …“ Dornröschen runzelte die Stirn und zählte, bei zwanzig hörte sie auf. „Ich weiß nicht so genau, aber zwanzig sind es bestimmt. Wir haben drei Küchen, sechs Bäder, drei Türme. Eigentlich vier, aber eine Fee wohnt seit kurzem im vierten Turm. Deshalb zähle ich diesen Turm gar nicht mehr mit.“ Dornröschen schnaufte. „Es ist eine Schande, dass eine Fee mit elfenbeinfarbenen Haaren bis zu den Füßen und mit Augen so blau wie das Meer einfach nur dasitzt und weint.“

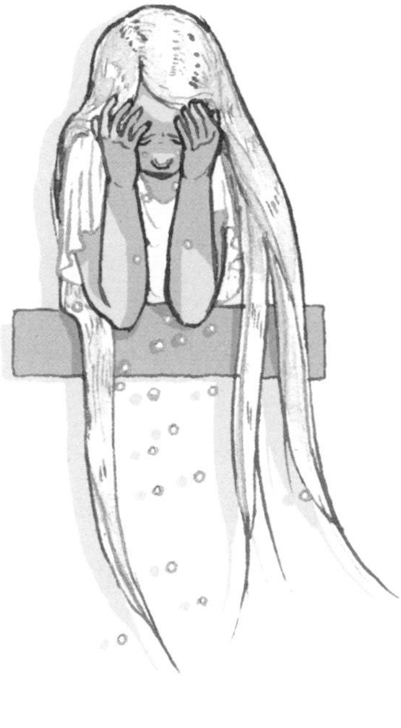

„Hat sie vielleicht Liebeskummer?“, fragte Mama scharfsinnig.

Dornröschen nickte. „Das will ich meinen. Unglücklich verliebt bis tief ins Herz ist das arme Ding. Und wenn man dann den Lumpen von Prinzen sieht ...“ Sie schüttelte wütend den Kopf. „Jeden Zauberer hätte sie haben können, aber nein, sie muss sich natürlich in Schneewittchens Prinzen verlieben. So was aber auch! Wenn ein Prinz eine Dunkelhaarige liebt, wird er sich doch nicht in eine blonde Elfe verlieben! Selbst wenn ihre Tränen zu kostbaren Perlen werden, kann sie ihn damit nicht gewinnen.“

„Du kennst Schneewittchen?“, platzte ich dazwischen. Darüber hatte ich mir noch gar keine Gedanken gemacht. Aber klar, Dornröschen kam aus dem Märchenreich, wahrscheinlich war sie auch mit Rapunzel und Schneeweißchen und Rosenrot befreundet.

„Natürlich“, antwortete Dornröschen verblüfft. „Wer kennt sie denn nicht?“

Da hatte sie natürlich Recht. Ich schwieg verwirrt.

Mama schien der Liebeskummer von fremden Feen nicht sonderlich nahe zu gehen. Sie wandelte in Gedanken lieber durch das Schloss und seufzte sehnsüchtig:

„Zwanzig Zimmer, meine Güte – und drei Türme. Das muss doch ordentlich viel Arbeit machen. Aber ihr habt natürlich Personal."

„Sicherlich! Wir haben für alles unsere Dienstboten", sagte Dornröschen und strich sich eine Haarsträhne hinter das Ohr.

„Kräftige Mädchen aus dem Dorf mit blütenweißen Schürzen, die Staub fegen, Böden schrubben, das Tafelsilber polieren und meiner Familie jeden Wunsch von den Augen ablesen. Natürlich arbeiten sie nicht alleine. Zwanzig Marienkäfer helfen ihnen. Ein Geschenk der Waldfee. Nicht zu vergessen unsere Köche, die nichts anderes im Sinn haben, als unseren Gaumen zu erfreuen. Den lieben langen Tag tüfteln sie neue Gerichte aus. Die Kaltmamsell hilft ihnen." Dornröschen lächelte versonnen. „Ach ja, sie ist wirklich ein wahrer Schatz. Sie ist immer so begeistert, wenn ich sie nachts wecke, weil mir der Sinn nach Kakao oder Kalbsleberpastete steht. Dann wäre da noch unsere Blumenfee. Sie hat unseren verwilderten Rasen hinter dem Schloss in einen prächtigen Rosengarten verwandelt. Die rosa und blutroten Rosen haben Köpfe so groß wie ein Salat!"

Dornröschen war nicht mehr zu stoppen. Sie leierte ohne Punkt und Komma den Hofstaat herunter. Von der eigenen Schneiderin, die Tautropfen ins Dekolletee zu nähen vermag, über die Zofe, die erst zufrieden war, wenn Glühwürmchen Dornröschens Locken zierten, über den Kutscher, der sie bei Wind und Wetter so behutsam kutschierte, als läge sie in einer Sänfte, bis hin zu den Hofnarren, die erst innehielten, wenn König, Königin und Dornröschen sich vor Lachen bogen und literweise Tränen weinten.

Ich wollte jetzt nichts mehr hören. „Da kannst du ja froh sein, dass du als Prinzessin geboren wurdest. Mama würde mir was husten, wenn ich sie nachts aufweckte, weil ich Kakao trinken möchte."

Dornröschen beugte sich aus der Tasche heraus und legte mitfühlend ihre Hand auf meinen Arm. „Armes Ding", sagte sie. „Das wusste ich nicht. Das ist ja außerordentlich herzlos. Deine Mama sieht gar nicht so aus. Meine Mama, die Königin, hat dafür selbstverständlich ebenfalls keine Zeit, als Hoheit ist sie mit Regieren beschäftigt, aber ich will doch meinen, dass man ein Kind wie dich nachts nicht unversorgt lassen sollte – vor allen Dingen, wenn man keinen Staatsgeschäften nachgeht." Vorwurfsvoll blickte Dornröschen Mama an.

Mama zuckte nur ungerührt mit den Achseln. „In einer Familie wie unserer läuft das eben anders. Wir haben kein Personal. Und ich brauche meine Nachtruhe genau wie Lena. Die übrigens nachts tief und fest schläft und mich Gott sei Dank nicht mit Gelüsten nach Kakao oder Kalbsleberpastete nervt. Unsere Familie pflegt am Morgen zusammen zu frühstücken! Frisches Obst und Müsli und sonntags auch mal Brötchen. Am Tag muss ich arbeiten, und auch wenn ich kein Land regiere, habe ich dennoch viel zu tun, das kannst du mir glauben! Und unversorgt ist meine Tochter auch nicht. Oder, Lena?“

Richtig wütend sah Mama mich an. Dabei hatte ich doch gar nichts gesagt, keinen einzigen Vorwurf, und Dornröschen zog es vor, jetzt lieber unbeteiligt ihre Fingerspitzen zu betrachten.

Den restlichen Weg zu Hella schwiegen wir fast nur. Das lag vielleicht auch an der ohrenbetäubend lauten Straße. Einmal lächelte Dornröschen, als wir an einer Baustelle vorbeikamen, auf der Bauarbeiter damit beschäftigt waren, Rohre zu verlegen. Sie zupfte an meinem Ärmel und ich beugte mich zu ihr.

„Eure Schatzsucher gefallen mir“, sagte sie. „Sie sehen so zuversichtlich und kräftig aus und ihre Maschinen scheinen über wahre Zauberkräfte zu verfügen.“

Es war zu laut, um sie aufzuklären. Ich

dachte, dass die Welt aus Dornröschens Sicht schöner war.

Nachdem wir die große, laute Straße überquert hatten, bogen wir in Hellas „Käuzchensteg“ ein. Eher eine Art Gasse mit buckligem Kopfsteinpflaster und grünen Gartenzäunen.

Hellas Bungalow ist nicht besonders sehenswert. Er unterscheidet sich kaum von den anderen Bungalows in der Straße. Kleine flache, einstöckige Häuser mit großen Fenstern und ordentlichen Vorgärten, in denen selbstverständlich keinerlei Unkraut wuchert. In Hellas Garten wächst auch ansonsten nicht viel. Ein paar Büsche und natürlich Gras, sogar echter englischer Rasen, wie Hella gerne betont.

Dornröschen starrte die Bungalows verblüfft an, dann fragte sie: „Sind das verzauberte Rieseneier oder echte Häuser?“

Siebtes Kapitel

In welchem Dornröschen für einen alten Schlagersänger schwärmt

Mama kicherte noch, als sie auf die Klingel drückte. „Häuser wie Rieseneier!“

„Wo wird gefeiert?“, fragte Dornröschen mich. Sie saß jetzt wieder Hand in Hand mit Barbie in der Tasche und hatte den Jägerhut ein wenig in die Stirn gezogen. Niemand würde Verdacht schöpfen. Neugierig sah sie sich unter der Hutkrempe um.

Ich erklärte ihr, dass wir im Esszimmer sein würden. „Du wirst schon sehen, ein Raum, voll gestellt mit ...“ Ich suchte nach dem richtigen Wort. Hella sammelt nämlich alles, was irgendwie kitschig ist. Papa sagt immer, er sei froh, dass sich schlechter Geschmack nicht vererben würde, denn sonst hätte er Mama wohl kaum geheiratet.

„Lauter Krimskrams steht da“, sagte Mama und summte vor sich hin. Dabei ist Hella so stolz auf ihr Esszimmer, mit dem großen Fenster zum Garten. Sogar eine kleine Bar gibt es dort.

Mama klingelte noch einmal und wickelte den Blumenstrauß aus dem Papier – rote Papageientulpen. Endlich kam Hella, riss die Tür schwungvoll auf und schmetterte: „Hallo, meine Lieben! Was für schöne Blumen!“

Auch Mama gab sich entzückt, drückte Hella an sich, gratulierte zum Geburtstag und küsste sie rechts und links auf die Wangen. Und entschuldigte Papa, der leider wie immer auch heute nicht rechtzeitig aus dem Büro fortkäme, uns aber später abholen würde.

Hella nickte verständnisvoll und dabei zitterte ihr Doppelkinn. Dann war ich an der Reihe, gratulierte und versuchte vergeblich, Hellas grellrotem Lippenstiftmund auszuweichen. Hella war aber schneller, schon hatte sie mir einen ihrer feuchten Küsse halb auf den Mund, halb auf die Wange geschmatzt. Als sie nicht hinsah, wischte ich ihre nassen Kussspuren schnell ab.

„Alle mir nach!“, rief Hella und tänzelte den Flur entlang. „Ihr beide seid wieder mal die Letzten! Alle sind schon da, sogar der Günther!“

Der Günther war Hellas Kumpel aus grauen Vorzeiten, sie hatten vor vierzig Jahren einmal heiraten wollen, es dann aber doch nicht getan, dafür waren sie immer noch befreundet. Günther neigte wie Mama nicht gerade zu Pünktlichkeit.

Wir marschierten hintereinander durch den schmalen Flur, dessen Wände mit gerahmten Urlaubsfotos aus verschiedenen Jahrzehnten gepflastert waren, viele davon in Schwarzweiß.
Dornröschen lugte vorsichtig aus der Tasche heraus und betrachtete die Fotos. Die alte Standuhr sah sie so erwartungsvoll an, als glaubte sie, dass gleich die sieben Geißlein herausgeklettert kämen. Ich hörte sie seufzen und etwas murmeln, und um sie besser zu verstehen, hob ich die Tasche ein wenig höher. Sie zeigte auf das Hirschgeweih über der Wohnzimmertür.

„Mir wird so wehmütig zumute“, sagte sie. „Es erinnert mich an unser Jagdzimmer im Schloss. Natürlich haben wir hunderte solcher Geweihe dort an den Wänden. Mein Vater, der König, ist ein gar großartiger Jäger ...“

„Ich finde es blöd, Jagdtrophäen aufzuhängen“, sagte ich.

Hella hatte mich genau verstanden. Sie

wurde zwar heute uralt, nämlich fünfundsiebzig Jahre, aber schwerhörig war sie nicht.

„Da hast du Recht, Lena, mein Kind“, sagte sie zu mir und schüttelte bedauernd den Kopf. „Aber ich bringe es nicht übers Herz, das Geweih abzuhängen. Weißt du, es erinnert mich doch an meinen Vater. Gott hab ihn selig ...“

Dornröschen hatte sich bei Hellas Worten erschrocken wieder in die Tasche zurückgezogen und kauerte dort mit angezogenen Beinen und spielte mit ihren Haaren herum.

Und dann standen wir vor Hellas Esszimmer. Es war lediglich durch eine Glastür getrennt von den anderen Räumen und den Feiernden.

„Hereinspaziert ins Vergnügen!“, rief Hella und schritt voran.

Der Raum war ziemlich groß, aber jede Menge Verwandtschaft und Bekanntschaft hatte sich hier versammelt, redete und lachte um die Wette. Es war ziemlich stickig. Irgendein Witzbold hatte tatsächlich fünfundsiebzig Kerzen angezündet. Ich kannte nur die Hälfte der Leute. Hella reiste gerne, schloss überall Bekanntschaften. Leider vorwiegend mit kinderlosen Menschen.

„Gütiger Himmel“, hörte ich Dornröschen direkt an meinem Ohr sagen. Ihr war es gelungen, die Tasche zu verlassen und auf meine Schulter zu klettern. „In der Tasche war es dunkel wie in einer Grabkammer“, sagte sie vorwurfsvoll.

Ich beschloss, sie einfach auf meiner Schulter sitzen zu lassen. Falls sich uns jemand nähern sollte, musste sie eben Puppe spielen.

Von meiner Schulter aus hatte Dornröschen einen guten Blick auf die unzähligen Fotos und gerahmten Zeitungsausschnitte, die entweder Tante Hella in jungen Jahren oder den gestriegelten Sänger Roy Black zeigten. Auf einem Foto waren die beiden sogar zusammen zu sehen. Hella war bestimmt einer der größten, treuesten Fans des verstorbenen Sängers. Das versuchte ich Dornröschen zu erklären. Als sie hörte, das Roy Black schon gestorben ist, begann sie zu weinen.

„Du musst nicht weinen, er ist schon ganz lange tot“, versuchte ich sie zu trösten, aber anscheinend waren das nicht die richtigen Worte.

„Oh, was bist du bloß für ein herzloses, grausames Ding! Der Arme ist tot und du, du spottest nur!“, fuhr sie mich an, um gleich darauf wieder herzerweichend zu schluchzen. „Er hat Augen wie dunkler Samt und Haare wie Ebenholz! Wie Schneewittchen.“

Ich war mir keiner Schuld bewusst. Roy Black war schließlich gestorben, bevor ich geboren wurde, und ohne Tante Hella hätte ich wahrscheinlich niemals etwas von ihm gehört. Dornröschen war eine überspannte Prinzessin. Und jetzt zupfte sie an meinen Haaren, um mir zu sagen, dass sie Roys schwarz glänzende Haare und sein Lächeln auf den wundervollen Lippen „zum Niederknien“ fand. Genau wie sein „zauberhaftes Grübchen“ im Kinn.

Noch ehe ich sagen konnte, dass seine Stimme wie Honig war, nämlich süß und klebrig, entdeckte Dornröschen Hellas Muschelbar und war abgelenkt.

„Lena, das ist das Wunderbarste, das ich jemals gesehen habe“, hauchte sie erschüttert angesichts dieses scheußlichen Möbels von 1960. „Ich will es aus der Nähe sehen! Es sieht aus wie eine riesengroße entzückende Schmuckschatulle. Nein, dass es so etwas Famoses wirklich gibt!“ Sie klatschte in die Hände.

Ich spazierte mit ihr zu der kitschigen Theke, die von allen Seiten, von oben bis unten mit selbst gesammelten Muscheln und Schneckenhäusern von den Stränden der Nordsee und Ostsee beklebt ist. Selbst die Abstellfläche hat Hella nicht verschont. Sie hat die Muscheln direkt unter die Glasplatte geklebt. Die Theke dient als Raumteiler. Man kann an ihr sitzen und gleichzeitig durch eine Wandöffnung – das ist die so genannte Durchreiche – in die Küche schauen.

„Zauberhaft! Nein, dass es so etwas Schönes gibt! Ein wahrer Künstler, der dies gebaut hat!“ Dornröschen gingen die Worte aus. Sie verstummte genau im richtigen Augenblick. Denn eine Cousine von Hella – sie heißt Judith, ist bestimmt auch schon siebzig, hat blond gefärbte Haare und einen dicken Bauch – hatte mich entdeckt und eilte mit ausgestreckten Armen auf mich zu.

„Lena, mein Gott, was bist du groß geworden!“ Das sagt sie immer, wenn sie mich sieht. Eigentlich müsste ich demzufolge bereits drei Meter hoch sein.

Natürlich folgten die unvermeidlichen Fragen nach der Schule und den Zeugnissen. Dornröschen saß währenddessen steif, mit angewinkelten Beinen und gestreckten Armen auf der Theke – und wurde tatsächlich für eine Puppe gehalten. Zum Glück biss sie Judith nicht den Finger ab, als diese ihr beiläufig über die Wangen strich.

Nun stimmte eine ältere, vollbusige Frau mit Locken ein „Hoch soll sie leben! Dreimal hoch!“ an und die andern schmetterten inbrünstig mit.

Mich zog es zu Hellas Buffet. Überflüssig zu erwähnen, dass Roy Black in Marzipan, mit schwarzem Haar und weißem Anzug direkt neben dem Käse – einem alten Camembert – lag.

Dornröschen fragte: „Das ist er doch, oder?“ Und als ich nickte, geriet sie schon wieder ins Schwärmen: „Wirklich ein Bild von einem Mann. Deine Tante hat Geschmack ...“ Sie seufzte sehnsüchtig.

Ich wunderte mich. Wieso schwärmte Dornröschen für andere Männer? Sie hatte doch daheim ihren Prinzen. Den Mann, der sie mit einem Kuss erlöst hatte. Welches dunkle Geheimnis umgab ihn? War er vielleicht ein Ausbund an Hässlichkeit? Mit Brillengläsern so dick wie Toastbrotscheiben? Und so vielen Pickeln, wie andere Sommersprossen haben? Und gelben Zähnen und schütterem Haar wie Günther? Ich wusste, er konnte nichts dafür, dass ihm die Haare ausgingen, aber schöner sah es schon aus, wenn man so dicke Locken hatte wie Luis. Ach, Luis ...

Für einen Augenblick vergaß ich Dornröschen und die ganze verrückte Situation und Tante Hellas Fest mit all diesen Leuten und war nur bei Luis. Sah seine spitzen Eckzähne, hörte ihn nach seinem Hund pfeifen, sah seine milchfarbene Haut, die blonden Augenbrauen und dieses Lächeln, das Mama immer „frech“ nannte. Ach, Luis ... Einmal sind wir ganz dicht nebeneinander Rad gefahren und natürlich ins Schlingern gekommen und zusammen ins Gras gestürzt. Wie besorgt er war, dass ich mich verletzt haben könnte. Und meine Schrammen am Knie hat er gestreichelt, während ich beteuerte, es würde gar nicht wehtun, obwohl es wie Hölle gebrannt hat. Ach, Luis. Wir würden uns soo lange nicht sehen. Das war doch einfach nicht gerecht.

Achtes Kapitel
Dornröschen nascht Früchte und taucht unter

Dornröschen holte mich in die Wirklichkeit zurück. Sie balancierte gerade mit seitlich ausgestreckten Armen wie eine Seiltänzerin über meinen Arm, hielt am Handgelenk inne und hüpfte direkt auf den Tisch, auf dem sich das Buffet befand.

„Das machst du nicht noch mal!“, fuhr ich sie an.

„Nur die Ruhe! Kein Mensch hat etwas gemerkt. Kann es sein, dass du ein richtiges Hasenherz bist?“, antwortete sie. Zu allem Überfluss stellte sie sich dann auch noch breitbeinig hin und begann leise zu singen: „Lena Hasenherz, Lena Hasenherz!“

Ich zog es vor zu schweigen. Bitte, sollte sie sich doch in Gefahr begeben! Ich hatte sie gewarnt. Aber vielleicht wollte sie ja großes Aufsehen, ins Fernsehen kommen und so. Bitte, konnte sie haben! Sie musste bloß so weitermachen.

Dornröschen hatte offenbar Hunger. Sie hatte sich eine schwarze Olive geschnappt und schlang sie in sich hinein.

„Gar seltsame Beeren sind das“, sagte sie kauend.

„Das sind keine Beeren, sondern Oliven“, erklärte ich ihr. „Die wachsen in Italien und Spanien an dürren Bäumen.“ Das hatte ich mit eigenen Augen gesehen. Kaum zu glauben, wie viele Oliven an einem einzigen Baum hingen!

„Salzig sind die“, sagte Dornröschen und fuhr sich mit der Zungenspitze über ihre Lippen. Sie sah sich nach etwas zu trinken um. „Das Gebräu dort sieht ziemlich lecker aus ...“ Sie zeigte auf eine große, kugelrunde Glasschale mit Erdbeerbowle. „Man gebe mir bitte etwas davon.“

Es war mir absolut verboten, Bowle zu trinken. Und für Dornröschen war das bestimmt auch nichts. „Kommt gar nicht in Frage, keine Bowle! Die würde dir auch gar nicht bekommen“, sagte ich.

Dornröschen schmollte. Sie schob ihre Unterlippe vor und quengelte: „Ach nein, nein, so macht mir die Feier aber keine Freude. Mich gelüstet doch so nach dem Gebräu!“

Ich blieb aber dabei: Keine Bowle für Dornröschen! Ich gab ihr stattdessen etwas Wasser, das ich in ein kleines Gläschen füllte. Gierig griff sie danach und trank das Glas in einem Zug leer.

„Und jetzt reiche mir bitte eine dieser himmlischen, leckeren Erdbeeren, die in dem Gebräu liegen“, bat sie mich.

Gut, das konnte ich ja wirklich tun, Erdbeeren waren harmlos. Erdbeeren waren Obst. Und Obst ist schließlich gesund. Ich fischte mit einem Löffel eine dieser fetten Erdbeeren heraus und legte sie für Dornröschen in ein Schälchen, das ich neben sie stellte.

Sie schnappte sich das Schälchen, legte es sich auf den Schoß und biss in die Frucht. Schmatzend begann sie zu kauen. „Es mundet in der Tat vorzüglich“, sagte sie zwischen den einzelnen Bissen. Flink wie ein Eichhörnchen biss sie immer wieder in die Erdbeere. Die war für sie immerhin so groß wie für mich eine Ananas.

Ich nutzte die Gelegenheit, um mich mal wieder umzusehen. Die Cowboy-Barbie hätten wir eigentlich zu Hause lassen können, niemand achtete auf Dornröschen oder mich.

Die vielen weißlockigen, blond gefärbten und auch lila und blau gefärbten älteren Damen – zwischen ihnen auch einige grau-

haarige ältere Herren – unterhielten sich prächtig. Hella und ihre Cousine Judith schaukelten im Takt von Roy Blacks Gesang. Eine blasse Person mit korallenrotem Haar schwenkte ihr Sektglas und ließ Hella hochleben.

Jubelnd folgten ihr die anderen. Mama hob

ebenfalls ihr Glas. Sie saß auf einem Stuhl und sah nicht so aus, als würde sie sich gut unterhalten. Sie hatte die Lippen aufeinander gepresst, als müsse sie aufpassen, nichts Falsches zu sagen, und ließ sich von Günther, der mittlerweile leicht angesäuselt war und wie ein Seemann im Sturm hin und her schwankte, etwas erzählen.

Nach wie vor beachtete man uns nicht weiter. Genauso gut hätten wir unsichtbar sein können.

Jedenfalls momentan. Ich konnte ja nicht in die Zukunft sehen.

Dornröschen war mittlerweile vom Buffet wieder auf die Muscheltheke geklettert und begutachtete interessiert die Bowle in dem Glasgefäß.

„Vielleicht sollte ich noch eine Beere vertilgen? Das ist gewiss gut für mein Wangenrot. Bitte, noch eine Beere!"

Kaum zu glauben, dass sie die andere schon aufgegessen hatte. Aber wahrscheinlich hatte sie großen Hunger. Seit sie bei mir war, hatte sie – abgesehen von den Physalis-Früchten im Supermarkt und einem Keks – ja noch gar nichts gegessen.

Ich zögerte nicht, fischte noch eine dicke fette Erdbeere heraus und legte sie ihr wieder in die kleine Schale. Ich schwöre, dass ich es nicht mit Absicht getan habe. Ich habe mir nichts dabei gedacht. Die Wahrheit ist, dass ich gar nicht wusste, was ich da tat.

Im Hintergrund schepperten die Boxen, als in voller Lautstärke Tante Hellas Lieblingssong von Roy Black lief. „Ganz in Weiß mit einem Blumenstrauß, so stehst du vor mir ..."

Dornröschen schmatzte dazu.

„Noch nie zuvor aß ich derart himmlische Beeren, in der Tat nicht!", schrie sie mit vollem Mund. Ein Wunder, dass keine Erdbeerstückchen durch die Luft flogen. Dann wiegte sie sich im Takt. „Der Musikant ist wirklich fabelhaft! Hinreißend. Eine gar reizende, weiche Stimme!", rief sie und schlug die Augen nieder. „Und diese Melodie! Wunderschön, ich liebe sie. Man hat sie einmal gehört und schon bleibt sie einem für immer."

Genau das machte Papa ja so krank: dass man diese Lieder als Ohrwürmer ewig im Kopf behielt – und zwar auch dann, wenn man es gar nicht wollte.

Schade, dass ich nicht mit Mama gewettet hatte. Ich hätte es mir gleich denken können, dass Dornröschen so einen altmodischen Musikgeschmack hat.

„Das ist doch total schmalzig, wie der singt“, sagte ich.

„Was ist denn das?“, fragte sie mich und lächelte versonnen das Riesenposter neben der Tür an. Roy Black in ganzer Größe, mit tränenfeuchten Augen und diesem angeblich unwiderstehlichen Lächeln in einem schneeweißen Anzug mit einer blutroten Rose im Knopfloch.

„Das ist er doch?“, fragte Dornröschen, und als ich nickte, sagte sie: „Ich habe es geahnt: wie ein edler Ritter. Er ist in der Tat schöner als Aschenputtels holder Prinz. Ja, schöner gar als der Froschkönig! Und das will etwas heißen.“

Aha, das ließ jetzt wirklich nur einen Schluss zu: Dornröschens Prinz musste eben doch ein schlimmer Typ sein. Warum sonst schwärmte sie für jeden anderen Mann? Oder es lag daran, dass sie ihren Prinzen noch überhaupt nicht kennen gelernt hatte? Das hoffte ich jetzt für sie. Dornröschens Prinz stellte sie sich vielleicht auch anders vor, als sie war. Vielleicht kämpfte er sich gerade durch die Dornenhecke und stürmte den Turm empor, in dem er die schlafende Prinzessin erlösen wollte, und landete in einem leeren Raum. Er tat mir fast Leid.

In Hellas Esszimmer tobte das Leben.

Na ja, zumindest war es laut. Jemand hatte endlich Erbarmen mit all jenen gezeigt, die nicht für Roy Black schwärmten, und Popmusik aufgelegt. Jetzt hätte bestimmt auch Papa seine Freude gehabt, denn nun versäumte er, wie einige der Geburtstagsgäste hüftenschwingend tanzten.

Mittendrin, wie auf einer kleinen Insel ohne Palmen, dafür mit Stühlen, saßen Mama und Günther sich gegenüber. Mama stand der Sinn wohl gerade nicht nach Tanzen. Wahrscheinlich gefiel ihr auch nur diese Musik nicht. Sie kann sehr wählerisch sein, das sagt Papa auch immer.

Ich fragte mich, warum Mama immer wieder zu Hella ging und dann doch nur mit diesem Kopfschmerzengesicht herumsaß. Mama sah auf ihre Uhr. Bestimmt war sie sauer, dass Papa noch nicht da war. Und Günther hatte seinen Stuhl noch dichter an Mama herangezogen und quasselte immer weiter auf sie ein. Ab und zu fuchtelte er mit den Armen in der Luft herum. Wahrscheinlich war er wieder bei seinem Lieblingsthema: Heimwerken.

Ich war ziemlich froh, hier bei Dornröschen an der Theke zu sein.

Huch! Wo war Dornröschen?

O nein, bitte nicht schon wieder!

Ich hielt nach allem Ausschau, was ungefähr ihre Größe hatte. Aber da war bloß Filou, Günthers Rauhaardackel, der gerade in den Flur Richtung Garten hoppelte.

In Mamas Tasche lag nur Barbie. Die Haare hingen ihr wirr ins Gesicht, der Hut lag neben ihr.

Ich schaute mich weiter um. Wie eine Eiskunstläuferin drehte ich mich mehrmals um mich selber, aber ich konnte Dornröschen nirgends entdecken. Ich ging in die Hocke, suchte den Boden nach ihr ab. Ich kroch sogar unter den großen Tisch in der Zimmermitte und staunte nicht schlecht über die ineinander verhakten Beine und teilweise nur bestrumpften Füße. Einigen waren wohl die Schuhe zu eng geworden. Kekskrümel lagen dort, aber von Dornröschen keine Spur!

Eher zufällig fiel mein Blick auf Hellas großes Aquarium. Es stand an der Wand direkt neben dem großen Terrassenfenster auf einem Sideboard. An eben diesem Aquarium hing Dornröschen an einer der gläsernen Seitenwände und betrachtete die Fische.

O nein, und jetzt beugte sie sich gefährlich nah über die Wasseroberfläche und versuchte einen dieser asiatischen Goldfische zu streicheln. Während ich schnell, aber möglichst unauffällig zum Aquarium eilte, konnte ich gut beobachten, wie Dornröschen kopfüber in das Becken fiel und wie ein Stein

auf den Boden sank. Die Fische jagten verschreckt auseinander und aus Dornröschens Mund stiegen Bläschen nach oben.

In der nächsten Sekunde war ich bei ihr und fischte sie heraus. Eine der grünen Algen hatte sich wie ein feuchtes Tuch um ihr Haar drapiert. Ihr Kleid lag wie eine zweite faltige Haut eng an, sie war barfuß. Ihre Satinschuhe wurden gerade, einer nach dem anderen, von einem dicken blauen Fisch verschlungen.

Dornröschen schlotterte und zitterte. „Brrr, brrr ...“

O je, sie war wirklich ein Bild des Jammers. Ausgerechnet in diesem Moment stellte sich Hellas Cousine Judith wieder zu mir und fragte: „Was ist denn mit deiner Puppe passiert? Sie sieht ja zum Fürchten aus. Das arme kleine Ding.“

Dornröschen blitzte Judith wütend an. Zum Glück sagte sie nichts.

„Sie ist mir ins Aquarium gefallen. Ich gehe am besten gleich ins Bad, um sie trocken zu föhnen", antwortete ich.

„Tu das", sagte Judith und lachte. „Sonst holt sie sich noch eine Erkältung."

Mit dem zähneklappernden Dornröschen in den Händen lief ich schnell zum Badezimmer.

Drinnen verriegelte ich die Tür und befreite als Erstes Dornröschens Haare von den glitschigen Algen. Dann zog ich ihr das Kleid über den Kopf und rubbelte sie mit einem Handtuch trocken, bis sie endlich keine Gänsehaut mehr hatte. Schließlich wickelte ich sie in eines der flauschigen rosa Handtücher ein, die in einem Stapel neben der Badewanne lagen. Hoffentlich hatte sie sich nicht erkältet. Aber vielleicht hatte sie ja nur vor Schreck so gezittert ...

Nachher würde ich ihr einfach Barbies Kleid anziehen. Sie konnte ja nicht splitterfasernackt zurückreisen. Ich sah kurz auf die Uhr. O je, so viel Zeit hatten wir gar nicht mehr. Nur noch anderthalb Stunden.

Dornröschen beobachtete mich wortlos. Vorwurfsvoll, wie es mir schien. Die hatte

Nerven! War es vielleicht meine Schuld, dass sie wieder mal abgehauen und dann ins Aquarium gestürzt war? Nein, war es nicht. Eigentlich geschah es ihr sogar recht – da sah sie mal, was sie davon hatte, wenn sie sich nicht an unsere Abmachung hielt.

Dornröschen schwieg beharrlich weiter. Das passte gar nicht zu ihr.

Ob sie unter Schock stand? Der eine Goldfisch war immerhin fast so groß wie sie gewesen. Vielleicht hatte er versucht, nach ihr zu schnappen. Hatten Goldfische eigentlich Zähne?

Wenn ich ehrlich war, würde es mir auch nicht gefallen, in einem gläsernen Becken mit Riesenfischen herumzuschwimmen, die meine Schuhe fraßen.

Dornröschen sah mich immer noch mit diesem zornigen Blick an. Sie drohte mir nicht einmal mit ihrem Vater und dem Verließ im Schloss.

Hoffentlich hatte es ihr nicht für immer die Sprache verschlagen!

Ich hielt nun Ausschau nach dem Föhn. Dornröschens Frisur war wirklich in einem schlimmen Zustand. Ihre Haare standen ihr zu Berge oder lagen an anderen Stellen wie festgeklebt am Kopf an.

Endlich entdeckte ich den Föhn auf dem Badezimmerschränkchen. Ich musste auf die Badewanne klettern, um ihn herunterzuangeln.

„Jetzt können wir föhnen."

„Föhnen?", fragte sie verständnislos.

Also hatte es ihr doch nicht die Sprache verschlagen, ein Glück. Und so etwas wie einen Föhn hatten sie wohl nicht auf ihrem Schloss.

Ich schaltete das Gerät an und prüfte erst die Luft, ob sie auch warm genug war. Warm, nicht zu kalt, aber auch nicht zu heiß.

Dornröschen beobachtete mich stumm. Ich begann vorsichtig ihre Haare zu föhnen und sie kicherte. „Was ist das denn für ein gar sonderbarer Windmacher?"

„Na, eben ein Föhn. Ein Gerät, das warme Luft auspustet."

„O Lena", seufzte sie, „es nicht zu fassen! Keine Elfe, kein Zauberer, keine Fee oder Hexe und auch kein Zwerg zu Hause wird mir glauben, was es in deiner Welt alles gibt ..."

Neuntes Kapitel
Dornröschen schimpft und landet im Gras

Dornröschen war wieder trocken und sauber, nur ihr Kleid nicht. Ich hatte vor, ins Esszimmer zu huschen, Barbie zu holen und Dornröschen Barbies Kleid anzuziehen.

„Und du setzt dich hier einfach auf den Wäschekorb. Falls jemand das Bad betritt, wird er dich gar nicht bemerken", befahl ich.

„Dein Wunsch sei mir Befehl", murmelte Dornröschen ungewöhnlich folgsam. Vielleicht hätte ich sie schon eher mal in ein Aquarium stecken sollen! Schade, dass meine Freundin Anna das alles nicht miterlebte. Zusammen hätten wir das kleine Biest von Prinzessin bestimmt bestens in den Griff bekommen.

Ich öffnete die Badezimmertür. Wir hatten Glück, der Flur war leer. Schnell flitzte ich zu den Feiernden, schnappte mir Barbie aus Mamas Tasche und eilte ins Bad zurück.

Was für eine Erleichterung! Diesmal hatte sich Dornröschen wirklich an die Abmachung gehalten. Sie befreite sich aus dem

Handtuch, schlüpfte schnell in Barbies Cocktailkleid und schaute mich erwartungsvoll an.

„Wollen wir in den Garten gehen?“, fragte ich. „Wir können uns auf die Wiese legen. Ich kann uns auch etwas Leckeres zu essen holen.“

„Ja, das würde mir Freude machen“, sagte sie höflich.

Ich nahm sie auf den Arm und trug sie ins Esszimmer, vorbei an den Tanzenden, und durch die geöffnete Terrassentür hinaus in den Garten.

Draußen war es zwar noch nicht dunkel, aber Tante Hellas Lichterketten, die zwischen den Obstbäumen hingen, strahlten bereits in Rot, Weiß und Blau.

„Hier ist ein schöner Platz“, entschied ich und setzte Dornröschen unter einem großen Kirschbaum ab. „So, und jetzt hole ich uns erst mal etwas Gutes vom Buffet. Und du wartest hier und rührst dich nicht von der Stelle.“

Dornröschen nickte und ich vertraute ihr. Schließlich hatte es eben im Bad ja auch gut geklappt.

Trotzdem beeilte ich mich. Am Buffet traf ich auf Mama, die sich endlich von Günther befreit hatte und sich nun mit einem Lachsbrötchen stärkte.

„Wo hast du die ganze Zeit gesteckt?“, fragte sie und flüsterte: „Und wo ist Dornröschen?“

„Ach, sie macht nur Stress! Ich musste sie trocken föhnen. Sie ist aus Versehen ins Aquarium gefallen.“

„O Gott!“, rief Mama und schlug sich die Hand vor den Mund.

„Ja, aber ihr ist sonst nichts passiert. Und jetzt sind wir draußen im Garten. Ich hole uns gerade etwas zu essen.“

Sie seufzte und sagte leise: „Hella kann wohl kaum mit der Schlossküche mithalten, aber hier diese kleinen schwedischen Fleischbällchen schmecken ihr bestimmt. Und hier diese kleinen Gürkchen.“

Mama wollte wohl einen guten Eindruck machen. Vielleicht hoffte sie auf eine Einladung von Dornröschen. Ich stellte mir vor, wie ich Anna und Luis erzählen würde, meine Familie plane, die Herbstferien im Märchenreich auf Dornröschens Schloss zu verbringen. Ich konnte mir die verblüfften Gesichter gut vorstellen.

Dann dachte ich an die paar Erdbeeren und Oliven, die ich Dornröschen serviert hatte.

Die Ärmste, sie hatte ja erzählt, was für köstliche Speisen ihr die Kaltmamsell im Palast bereitete.

Mama sagte: „Papa hat mich gerade angerufen. Er kommt etwa in einer halben Stunde. In seinem Büro sei heute der Teufel los gewesen. Die gesamte Telefonanlage war angeblich ausgefallen. Der will sich doch nur wieder drücken."

„Vielleicht stimmt es ja, und außerdem, es zwingt dich ja keiner, immer wieder hierher zu kommen!"

„Lena, wie sprichst du denn mit mir? Ich mag doch Hella ..." Mama flüsterte. „Aber du hast Recht, es ist manchmal etwas anstrengend für mich ..."

Mama setzte sich mit ihrem Teller wieder an den Tisch. Und ich dachte mit schlechten Gewissen an das Chaos, das Dornröschen in Papas Büro angerichtet hatte.

Ich legte für Dornröschen und mich Fleischbällchen, Radieschen, Gurkensalat, Wachteleier und ein kleines Stückchen Käsekuchen auf einen Teller. Vorsichtig balancierte ich den vollen Teller auf den Händen und ging zurück in den Garten.

Mittlerweile dämmerte es. Ich hörte Günthers Rauhaardackel Filou kläffen.

Und dann sah ich sie.

Dornröschen saß rittlings auf Filou. Wie alle Dackel hat auch Filou kurze, krumme

Beine, eine längliche Schnauze und einen extrem langen, etwas durchgebogenen Rücken. Und auf ebendiesem Rücken thronte Dornröschen und feuerte Filou an, indem sie ihn mit ihren Fersen in die Seite kickte. Der arme Filou trabte vorwärts, immer weiter, immer im Kreis durch den Garten unter den tief hängenden Zweigen der Tannen hindurch, dann hinein in eine Hecke – und wieder heraus.

Dornröschen quiekte vor Vergnügen.

Als sie mich entdeckte, winkte sie und rief: „Lena, warum hast du mir nicht erzählt, dass deine Tante solch ein vergnügliches Maultier ihr Eigen nennt?“

„Das ist doch Filou, Günthers Rauhaardackel“, rief ich und lief, so schnell das mit dem übervollen Teller ging, zu ihr hin.

„Ein Rauhaardackel? Was ist das?“, fragte Dornröschen erstaunt. „Brrr anhalten!“, säuselte sie und kraulte liebevoll Filous Ohren. Filou ist schon ziemlich alt und sein Rauhaarbewuchs eher spärlich. Besonders an den Ohren schimmert die rosige Haut durch.

„Filou ist ein Hund“, sagte ich, „und kein Reittier!“

„Er hätte aber durchaus Begabung dafür“, meinte Dornröschen und reichte mir ihre Hand. Wahrscheinlich wollte sie, dass ich sie herunterhob.

„Warum steigst du nicht selber ab? Schließlich bist du ja auch ohne meine Hilfe auf den Dackel geklettert“, sagte ich.

„Im Schlossgarten reite ich auch immer ohne Sattel, aber beim Absteigen benötige ich Hilfe“, antwortete sie. „Also!“

„Ich finde, du bist ganz schön verwöhnt“, sagte ich wütend. Nicht einen Tag länger würde ich mit ihr aushalten. Wie gut, dass sie schon bald zurückreisen würde. Nicht auszudenken, falls es nicht klappte und sie müsste für immer hier bleiben. Ein Alptraum!

„Und du, du bist ein ganz gewöhnliches Mädchen. Ein Mädchen ohne das geringste Gespür für Wohlverhalten und Anstand! Und aufmüpfig dazu!“, giftete Dornröschen zurück. Sie wartete, aber ich verschränkte bloß die Arme und wartete ebenfalls. Sie kniff die Augen zusammen und machte „tsss!“. Dann schwang sie ihr rechtes Bein nach links und hopste von Filous Rücken auf den Boden. Es war nicht meine Schuld, dass sie auf allen Vieren landete und auch noch seitlich ins Gras fiel.

Ich lachte, obwohl das gemein war.

Dornröschen beachtete mich gar nicht weiter. Sie schob das Kleid hoch und guckte sich ihr Knie an. Sie hatte einen blauen Fleck und sofort bekam ich ein schlechtes Gewissen. Schließlich war sie ja mein Gast.

„Weißt du was? Ich finde, wir sollten uns wieder vertragen“, sagte ich.

Filou hatte sich unterdessen auf die Seite gelegt und seine Pfoten lang ausgestreckt. Er hechelte ein wenig.

Dornröschen blickte mich misstrauisch an, dann seufzte sie. „Lena, eines ist gewiss: Zu Hause auf dem Schloss würde mein Vater, der König, dich einkerkern lassen. Aber wir sind ja hier. Und du kannst ja nichts dafür, dass du so bist, wie du bist ... Also, ich habe nichts dagegen, dass wir uns wieder vertragen.“

Erleichtert nickte ich und sagte: „Hier, schau! Ich habe uns was vom Buffet mitgebracht.“

„Das war eine gute Idee.“ Sie griff sich ein Fleischbällchen, und ehe ich es verhindern konnte, warf sie auch Filou eines hin. Sie schmeckten übrigens wirklich gut.

Für ein paar Minuten saßen wir friedlich zusammen und aßen.

Nach einer Weile bekam Dornröschen Durst. Sie schaute Filou an und sagte: „Mir scheint, der Maultier-Dackel lechzt nach Wasser. Und wenn du schon hineingehst, könntest du mir vielleicht noch eine dieser köstlichen Erdbeeren aus dem Gebräu mitbringen?“

Zehntes Kapitel
In welchem Lena auch noch den Prinzen malt

Ich ging also ins Haus, um Wasser und Erdbeeren zu holen. Drinnen wurde immer noch getanzt, gelacht und gegessen. Regelrechte Partystimmung. Das Lachen und Kreischen war fast lauter als die Musik. Nicht schlecht für die überwiegend Siebzigjährigen. Und da sagt man immer, die Alten in Deutschland wären so mufflig und griesgrämig!

Das Buffet war schon ziemlich abgegrast, aber Wasser gab es noch. Ich schnappte mir eine ganze Flasche und dann angelte ich drei Erdbeeren aus der Bowle und legte sie wieder in ein kleines Schälchen. Eine wollte ich jetzt auch mal kosten, wenn Dornröschen so verrückt danach war, musste es doch einen Grund dafür geben. Auf dem Weg nach draußen biss ich in die Erdbeere.

Igitt! Das war geradezu widerlich. Ich schüttelte mich. Die Beere war weich und schwammig wie ein Pilz. Und außerdem schmeckte sie säuerlich.

Wieso schmeckte Dornröschen das denn so gut?

Ich ging weiter und warf die angebissene Beere zwei Spatzen hin. Vielleicht hatten die ja mehr Freude daran.

Draußen war es immer noch hell genug, um Dornröschen, Filou und Günther gut erkennen zu können. Günther hatte wohl ein bisschen frische Luft schnappen wollen. Sein Hemd war am Rücken klatschnass, komplett durchgeschwitzt. So als hätte er Mama etwas vorgetanzt und ihr nicht bloß „ein Ohr abgekaut“. So nennt Papa das immer, wenn ihn jemand voll quasselt.

Günther beugte sich über Filou und streichelte ihn.

Ich beeilte mich, lief so schnell es ging zu Dornröschen hin. Sie lag im Gras auf der Seite, ihr Gesicht auf die Hände gebettet. Jeder Mensch hätte geschworen, dass sie eine Puppe war.

Während Günther seinen Dackel tätschelte, sagte er auch prompt zu mir: „Lena, was hast du da bloß für eine süße Puppe mitgebracht!“

„Die hat mir Papa geschenkt“, behauptete ich.

„Sehr hübsch, wirklich.“ Günther ging in die Hocke, wobei seine Gelenke laut knackten und er ein wenig ächzte. Er grinste mich an, und ohne dass ich es verhindern konnte, pikste er Dornröschen mitten in den Bauch. Wahrscheinlich wollte er ausprobieren, ob sie dann „Mama“ oder „Papa“ sagen oder weinen würde, wie manche Puppen das ja tun.

Dornröschen setzte sich empört auf und kreischte: „Guter Mann, Ihr solltet Euch besser mit dem Finger in Euren eigenen Bauch stechen! Wen meint Ihr eigentlich vor Euch zu haben? Ich bin ...“

Ehe sie weitersprechen konnte, begann Günther wiehernd zu lachen und sich dabei auf die Schenkel zu schlagen. „Köstlich!“, rief

er. „Das nenne ich mal eine originelle Puppe. Eine Wut-Puppe! Nein so was, das ist ja was ganz Tolles.“ Er wischte sich die Tränen aus den Augen. Günther muss immer weinen, wenn er lacht.

Dornröschen sprang auf und richtete sich zu ihrer vollen Größe auf. Sie stampfte mehrmals mit ihren nackten Füßen auf den Rasen und fuchtelte mit ihrer kleinen Hand in der Luft herum.

„Was redet Ihr da für einen Unfug?“, brüllte sie. „Ich bin keine Wutpuppe! Ich bin echt. Echt!“ Und sie stampfte noch einmal ins Gras, dann versuchte sie Günther ins Bein zu beißen. Aber sein Hosenstoff war so dick, dass sie es nicht schaffte.

Währenddessen setzte sich Filou auf und knurrte Dornröschen an. Und Günther plumpste wiehernd auf den Rasen und guckte Dornröschen mit weit aufgerissenen Augen an.

Sie hatte gerade das Schälchen mit den beiden Erdbeeren entdeckt und stürzte sich auf die erste. Während sie wieder und wieder in die Frucht biss, schrie sie: „Hier, ich beiße mit meinen Zähnen in die Erdbeere! Seht Ihr das? Und hier, nun trinke ich von dem Saft in der Schale. Glaubt Ihr wirklich, dass es

Puppen gibt, die das können? Ich bin Dornröschen! Ich bin eine Prinzessin, hochwohlgeboren. Ich wohne auf einem Schloss, und wenn mich Lena nicht gemalt hätte, würde ich meinen Geburtstag ganz in Ruhe mit dem König und der Königin, vielen lieben Feen und Rapunzel und Schneewittchen verbringen und nicht mit dicken Männern und ihren alten Maultieren."

Günther lachte nicht mehr. Er guckte von mir zu Dornröschen und schüttelte den Kopf. Dann sagte er mit belegter Stimme: „Lena, ich weiß nicht, wie du das machst. Vielleicht bis du ja unter die Bauchredner gegangen? Aber mir ist klar, dass du mich auf den Arm nehmen willst."

Dornröschen setzte sich wieder hin, atmete tief ein, machte sich über die zweite Erdbeere her und sagte: „Keiner will Euch auf den Arm nehmen. Dafür seid Ihr doch viel zu groß und zu schwer."

In Sekundenschnelle verschlang sie die matschige Erdbeere. Kein Wunder, dass sie rülpsen musste.

„Wie heißt du eigentlich, komischer Mann?" Dornröschens Stimme klang jetzt, als hätte man ihr etwas auf die Zunge gelegt. Sie schien auf einmal Probleme zu haben, gerade zu sitzen. Wie eine Blume im Wind schwankte sie vor und zurück. Dabei fielen ihr die Haare ins Gesicht. Ihr Hut war bei ihrem Ausritt auf Filou irgendwo im Gebüsch verloren gegangen.

Ich strich Dornröschen die Haare aus der feuchten Stirn. Ihre Augen waren jetzt halb geschlossen und ihr Gesicht schneeweiß.

Vielleicht hätte ich ihr doch nicht diese Erdbeeren geben dürfen ... Ich hatte ein flaues Gefühl im Magen.

Günther schaute mich an. Das blanke Entsetzen stand in seinem Gesicht. Wirklich. Die Augen hatte er weit geöffnet, sein Kopf war puterrot angelaufen, auch die Kopfhaut. Ähnlich wie sein Dackel hatte er nämlich nur noch spärlichen Haarwuchs.

In dem Moment sah ich Mama. Sie lief über den Rasen direkt auf uns zu. Gefolgt von Tante Hella und den zwei Cousinen Judith und Gunni. Sie sahen von weitem wie Zwillinge aus, das lag wahrscheinlich an ihren gelb gefärbten Haaren.

Was würde mit Dornröschen geschehen, wenn Tante Hella und die anderen sie entdeckten? Wie viel Zeit blieb ihr überhaupt noch, um ins Märchenreich zurückzukehren?

Ich schaute auf meine Armbanduhr. O je, es waren nur noch fünfzehn Minuten. Vielleicht sogar weniger, denn die Uhr ging manchmal falsch. Sie musste unbedingt den Rückkehrreim aufsagen! Hoffentlich konnte sie sich daran erinnern. Ich hatte nämlich so gut wie kein Wort verstanden.

Dornröschen hielt sich an meinem Arm fest. „Mir ist blümerant, äußerst blümerant", murmelte sie. Und selbst aus ihren Lippen war nun die Farbe gewichen.

Günther stammelte: „Lena, sag bloß ... ist sie ... sie ist ... also wirklich echt? Ich meine, sie ist ein Wesen wie ... du und ich? Wie wir? Das kann doch ... das geht doch nicht! Wo kommt sie überhaupt her? Und warum ... ist sie denn so klein?"

„Ich erkläre dir das alles später", sagte ich. „Jetzt muss ich ihr helfen. Du siehst doch selber, dass ihr nicht gut ist."

In dem Moment hatten Mama, Tante Hella, Judith und Gunni uns erreicht.

„Alles klar?", fragte Mama besorgt.

Dornröschen rülpste und röchelte.

Ich gestand Mama, dass Dornröschen drei Erdbeeren aus der Bowle gegessen hatte. „Die haben ihr so gut geschmeckt. Das war doch nicht schlimm, oder?"

Mama rief: „Wie konntest du nur! In den Früchten ist doch der meiste Alkohol drin. Ich fass es nicht. Das arme Kind! Schau sie doch nur an! O je, das hätte nicht passieren dürfen."

Günther begann wieder etwas zu stammeln, während Hella auf Dornröschen zeigte und rief: „Lena, was ist das denn?"

Judith sagte: „Eine Puppe. Das sieht doch jeder Mensch!"

„Apropos Mensch, sie sieht wirklich aus wie ein richtiger kleiner Mensch", meinte Gunni. „Natürlich lebt sie nicht wirklich, aber sie machen das heutzutage so geschickt, dass man meinen könnte, sie wäre echt. Das nenne ich gute Arbeit!"

„Aber sie ist wirklich echt! Ich habe es mit meinen eigenen Augen gesehen. Und gesprochen hat sie auch", sagte Günther und nickte heftig. Vielleicht wollte er einen neuen Wutausbruch Dornröschens verhindern oder auch nur mit seinem Wissen prahlen.

Mama und ich achteten nicht mehr auf unsere Verwandten, die nun aufgeregt durcheinander riefen. Dornröschen ging es wirklich nicht gut. Besorgt streichelte ich ihre schmalen Arme.

„Ich glaube, sie muss brechen", sagte Mama

und hielt die langen blonden Prinzessinnenhaare fürsorglich zurück.

Dornröschen kniete auf dem Rasen, beugte ihren Kopf nach vorne und würgte und würgte. Ihre Schultern zuckten, während sie sich erbrach.

In dem Moment sagte Hella nachdenklich: „Wer ist sie denn eigentlich? Vielleicht Rapunzel?“

„Nein, erzähl doch keinen Mist!“, rief Judith. „Rapunzel! Die hatte doch viel längeres Haar. Sozusagen turmlang ...“ Sie kicherte über ihren eigenen Scherz.

„Läuft die denn auch hier herum?“, fragte Günther interessiert. Er drehte seinen Kopf nach links und rechts, als erwarte er hier in Hellas Garten mit dem original englischen Rasen noch weitere Märchengestalten zu erblicken. Er hielt mittlerweile anscheinend alles für möglich. Erwartungsvoll schaute er auch in den Abendhimmel.

„Nein, Rapunzel ist nicht hier“, sagte ich. Und murmelte leise: „Jedenfalls soviel ich weiß ...“ Ganz sicher war ich mir da wirklich nicht.

Dann erzählte ich Mama, dass Dornröschen nicht mehr viel Zeit blieb, um in ihr Märchenreich zurückzukehren. Und dass sie dafür leider auch einen Reim aufsagen musste.

Dornröschen ließ sich von Mama ihre immer noch recht blassen Lippen mit einem Taschentuch abtupfen. Als ich sie fragte, ob sie sich an den Reim erinnern könne, schüttelte sie traurig den Kopf und sagte:

„Ganz und gar vergessen, als hätte ein böser Zauberer ihn weggewischt."

Während Mama nun Hella, ihre Cousinen Judith und Gunni und Günther über den Ernst der Lage aufklärte und die vier ihr mit offenem Mund lauschten, hatte ich eine Idee!

„Ich hab's! Ich muss den Prinz zeichnen oder malen. Vielleicht wird er dann lebendig. Er kann uns bestimmt helfen!", rief ich. Das war die einzige Rettung, sonst blieb Dornröschen womöglich für immer hier!

„Wieso will Lena denn jetzt malen?", fragte Gunni verwirrt, und eine blondierte Locke zitterte vor ihren Augen, als sie erstaunt den Kopf schüttelte.

Hella zeigte auf Mama und zischte: „Hat sie uns doch gerade erzählt!"

Und Gunni erklärte: „Lena hat doch das Dornröschen wachgezeichnet."

„Da spricht sie wahre Worte", sagte Dornröschen und seufzte.

Wahrscheinlich bereute sie mittlerweile, dass ich sie in unsere Welt geholt hatte, und sehnte sich nach ihren Eltern, und ihrem Schloss, auch wenn dort vielleicht ein pickeliger Prinz auf sie wartete.

„Mir ist immer noch ... irgendwie blümerant …“, murmelte Dornröschen und sank zurück in Mamas Arme.

„O nein, sie darf doch jetzt auf keinen Fall einschlafen, oder?“, fragte Mama erschrocken.

„Na, wenn sie sich sowieso an nichts mehr erinnern kann, lass sie doch schlafen. Dann male ich inzwischen den Prinzen“, sagte ich. Ich klang viel zuversichtlicher, als ich mich fühlte.

Tante Hella eilte in ihren Bungalow, um Papier und Stifte zu holen.

Schneller als ich es für möglich gehalten hatte, war sie wieder zurück. Mit rosafarbenem Papier und zwei Kugelschreibern. Das hätte ich mir ja denken können, dass Tante Hella keine Buntstifte oder Tuschfarben besaß. Und dazu noch dieses kitschige Papier.

Ich war zum Platzen gespannt, ob es mir hier überhaupt gelingen würde, noch einmal eine Märchenfigur lebendig zu malen. Vielleicht klappte das ja nur zu Hause auf unserem alten Küchentisch. Womöglich besaßen wir einen Zaubertisch? Oder meine Stifte und Tuschfarben hatten magische Kräfte? Die hatte mir Papa mal von einer Geschäftsreise aus Holland mitgebracht. All das schoss mir durch den Kopf, bevor ich loslegte.

Ich musste es schaffen! Und der Prinz musste richtig gut werden, denn Dornröschen durfte auf keinen Fall für immer hier bleiben! Keinen einzigen Tag mehr würde ich verkraften.

Außerdem brauchte sie ja bestimmt auch ihr Zuhause.

Ich kniete mich auf den Rasen und legte den Block vor mich.

Dornröschen hatte es sich bei Filou gemütlich gemacht. Als wäre der Hund ein großes, haariges Kissen, hatte sie ihren Kopf an seinen Bauch gelehnt und die Augen geschlossen. Ihr Gesicht war inzwischen nicht mehr ganz so kalkig.

Filou schien nichts gegen ihre Nähe zu haben. Er kaute an seiner rechten Vorderpfote und beachtete Dornröschen gar nicht weiter.

Die Erwachsenen umringten mich und gaben mir Ratschläge über Ratschläge.

Gunni: „Der Prinz hatte rabenschwarze Haare."

Judith: „Nein, du Dummerchen, er hatte blonde Locken, so wie Dornröschen. Das weiß ich genau! Er trug eine weiße Hose und einen blutroten Wams und seine Schuhe hatten goldene Schnallen."

Gunni: „Blutrot? Du bist wohl nicht mehr ganz bei Trost. Lindgrün war sein Wams! Und er hatte Stiefel an. Ich sehe mein altes Märchenbuch noch ganz genau vor mir ..."

Mama: „Lasst sie doch erst mal anfangen! Was meinst du, Lena, wird es mit den blauen Kugelschreibern denn überhaupt gehen?"

Sie redeten immer weiter, bis ich wütend wurde. „So kann ich mich nicht konzentrieren! Und die Zeit rast! Wir haben nur noch knapp zehn Minuten."

Endlich schwiegen sie. Und ich begann mit Tante Hellas Kugelschreiber Dornröschens Prinz zu malen. Locken bekam er und eine ganz schön große Nase und einen Mund, der fast so aussah wie Dornröschens Mund. Meine Münder sehen irgendwie immer gleich aus. Ich sollte wirklich üben, Münder zu malen, aber dafür war jetzt keine Zeit. Er hatte also einen Kussmund und kleine listige Augen. Na ja, er musste doch einigermaßen clever sein, schließlich hatte er es ja durch die Dornenhecke geschafft.

Ich malte und malte. Ich malte ihm eine Hecke vor den Bauch. Denn wie gesagt, Beine und Füße kann ich nicht so gut malen.

Das Bild war fast fertig. Verzweifelt starrte ich es an. Es musste einfach klappen. Das Bild veränderte sich aber kein Stück. Die listigen blauen Kugelschreiberaugen blickten mich fragend an.

Ich stand auf und sagte: „Ich glaube, hier klappt es nicht. Liegt vielleicht auch an diesem Kugelschreiber. Zu Hause hatte ich Buntstifte ... Außerdem klappt so was wahrscheinlich nur einmal im Leben. Ich hab ja schon oft Menschen gemalt, ohne dass die plötzlich lebendig wurden."

Niemand hörte mir zu.

Alle starrten auf das rosa Blatt – auf meinen Prinzen.

„Ich glaub, mein Schwein pfeift", murmelte Günther.

Ich kniete mich wieder vor dem Blatt nieder.

Dem Prinzen waren echte Wimpern gewachsen.

Und richtige Arme und Hände, mit denen er langsam die Hecke zur Seite schob und sich aus dem Bild hochstemmte, als käme er aus der Tiefe.

Er war ein wenig größer als Dornröschen, aber nicht viel. Sein Haar war wirklich blond und er trug weiße Hosen, einen roten Wams und seine Schuhe hatten goldene Schnallen.

Und er hatte keine Pickel!

Ich hatte es tatsächlich noch einmal geschafft!

Jetzt lag es an ihm, Dornröschen zu helfen und sie sicher nach Hause in ihr Schloss zu bringen.

Das letzte Kapitel
In welchem man leichten Herzens Abschied nimmt

„Seid gegrüßt miteinander", sagte der Prinz und verbeugte sich leicht in alle Richtungen. Er schien nicht weiter erstaunt darüber, plötzlich in einer anderen Welt gelandet zu sein.

„Gestatten, mein Name ist Prinz von Burg Finkenstein", sagte er und verbeugte sich erneut.

Gunni und Judith knicksten verlegen. Tante Hella hatte es die Sprache verschlagen. Sie hatte ihre Hand auf den Mund gelegt und guckte den Prinzen staunend an. Günther und Mama murmelten beide ein „Guten Abend", während ich immerhin ein „Freut mich, dass du, äh, Sie hier sind" herausbrachte.

„Wo ist meine holde Prinzessin? Gehabt sie sich wohl?", fragte der Prinz von Burg Finkenstein und sah mich an. Ehe ich ihm antworten konnte, plauderte er weiter: „Man stelle sich vor, Dornröschen wurde mir just in dem Augenblick aus den Armen gerissen, als ich gerade dabei war, sie näher kennen zu lernen. Es ist nämlich erst kurze Zeit her, dass ich sie wachgeküsst habe."

„Aus den Armen gerissen?", fragte ich verlegen. Es klang, als hätte ihm ein Räuber Dornröschen förmlich geraubt. Aber ich war doch kein Räuber.

Der Prinz lächelte traurig. „Dornröschen war einfach fort. Im ganzen Schloss keine Spur von ihr." Er seufzte und ließ die Schultern hängen. Trübsinnig starrte er den Rasen an.

Tante Hellas Muttergefühle waren geweckt. Sie nahm die Hand vom Mund und säuselte mit ihrer Ich-bin-die-beste-Gastgeberin-der-Welt-Stimme: „Wenn ich etwas zu trinken oder zu essen anbieten dürfte, Euer Durchlaucht? Ich habe drinnen ein bescheidenes, aber durchaus appetitliches Buffet."

„Bloß nicht", sagten Mama und ich entsetzt im Chor.

„Was soll das heißen?" Tante Hella schob beleidigt ihre Unterlippe vor. „Ihr meint wohl, mein Essen ist nicht gut genug für königliche Gaumen, was?"

„Dabei gibt es hier durchaus erlesene Speisen", sagte Günther vorwurfsvoll zu Mama. Er wandte sich dem Prinzen zu:

„Hausmannskost, das ist was ganz Besonderes, so etwas gibt es bestimmt auf keinem Schloss der Welt. Sehr zu empfehlen, auch für königliche Hoheiten.“

Der Prinz von Burg Finkenstein lächelte höflich: „Gute Frau, guter Mann, ich weiß Eure Freundlichkeit durchaus zu schätzen. Bloß rinnt uns ein wenig die Zeit davon. Deshalb verratet es mir ... und spannt mich bitte nicht länger auf die Folter: Wo ist mein Dornröschen?“

„Wir haben wirklich nicht mehr viel Zeit!“, rief ich dazwischen. „Da liegt sie bei dem Maultier, ich meine bei dem Hund. Das Schlimme ist, dass sie sich an keinen einzigen Vers vom Rückkehrreim mehr erinnern kann.“

Das Gesicht des kleinen Prinzen von Burg Finkenstein begann wie eines von Tante Hellas Lämpchen zu leuchten, als er Dornröschen an Filou gelehnt entdeckte. Freudestrahlend eilte er zu ihr hin.

„Der Rückkehrreim!“, rief er dabei. „Das ist doch kein Problem!“

Hoffentlich hatte er Recht. Denn die Zeit blieb schließlich nicht stehen. Im Gegenteil. Es war, als würde jemand auf dem Minutenzeiger sitzen und ihn dazu bringen, sich zweimal so schnell wie normal fortzubewegen. Wie sonst war es zu erklären, dass uns jetzt nur noch viereinhalb Minuten blieben!

Ich stürzte hinter dem Prinzen her. „Wir haben nur noch wenige Minuten! Schnell!“

„Eile mit Weile“, sagte Dornröschen, die sich in dem Moment schlaftrunken – und auch ein wenig betrunken – aufrappelte.

„Meine holde Maid ...“, der Prinz von Burg Finkenstein sank vor ihr auf die Knie und wisperte etwas in Dornröschens Ohr, das ich nicht verstehen konnte. Sie begann zu lächeln.

Filou knurrte. Er mochte wohl nur weibliche Hoheiten.

„Wir haben das gleich“, sagte der Prinz in die Runde und fragte: „Wieso kann das Maultier eigentlich knurren? Ist es gar ein verwunschener Hund?“

Ich nickte. „Ein Hund, wenn auch kein verwunschener.“

„Mein Prinz, wir müssen jetzt Abschied nehmen“, meinte Dornröschen. „Denn auch wenn ich den Reim vergessen habe, so weiß ich doch, dass wir fort sein werden, sobald die letzten Worte gesprochen sind. Deshalb wird mir nun weh ums Herz. Lena ...“ Sie sah mich mit feuchten Augen an.

Auch ich war den Tränen nah. Vergessen waren in diesem Augenblick ihr Hochmut, ihre Besserwisserei und ihr ständiges Verschwinden.

Ich würde sie vermissen. Die Stunden mit ihr waren viel zu schnell vergangen.

Wieder einmal reichte sie mir ihre Hand. Und diesmal ließ ich es mir nicht nehmen. Ich kniete mich auf den Rasen und beugte mich über ihre Hand und zog sie zu meinem Mund hin. Aber natürlich berührten meine Lippen ihre Haut nicht. Schließlich wusste ich von Hella, dass man in der so genannten feinen Gesellschaft einen Handkuss nur andeutet.

Und Dornröschen lächelte selig. Sie sah jetzt fast wieder wie zu Beginn unserer Bekanntschaft aus: rosige Wangen, strahlende Augen. Auch wenn ihre Haare ein wenig zottelig über ihren Rücken hingen, ihr Kleid von Grasflecken übersät war und ihre Knie blaue Flecken hatten. Es war etwas in ihrem Ausdruck, ein Leuchten und Glänzen in ihren Augen.

Der Prinz von Burg Finkenstein wisperte unterdessen den geheimnisvollen Rückkehrreim.

Wieder verstand ich nur einzelne Worte:

„Rückkehr ... Heimkehr ... Hiersein ... Dasein.“ Er griff dabei zärtlich nach Dornröschens Hand.

Dornröschen lächelte in die Runde. „Lena, ich möchte dir und deiner Frau Mutter ganz besonders danken und auch allen anderen hier. Es waren besondere Stunden, die für immer unvergessen in meinem Herzen ruhen werden. Auch die göttliche Stimme dieses Barden, der vom Himmel her zu uns gesungen hat, werde ich bestimmt nie vergessen – solange ich lebe.“

Wieso meinte sie denn, dass Roy Black vom Himmel aus zu uns gesungen hatte? Na klar, sie kannte natürlich keine CDs oder MP-3-Player.

Als ich ihr das Ganze erklären wollte, war es zu spät dafür.

Beide, Dornröschen und der Prinz, hielten sich wie kleine Kinder an den Händen. Sie winkten und riefen: „Auf Wiedersehen, gehabt Euch wohl!“

Und dann schwebten sie wie von unsichtbarer Hand getragen durch die Luft über Filou hinweg, stiegen höher und landeten sanft auf Tante Hellas rosafarbenem Briefpapier, um Zentimeter für Zentimeter darin zu versinken.

„Mein Briefpapier war eben das Tor zu einer anderen Welt“, sagte Hella ehrfürchtig und rieb sich gerührt die Augen.

Günther nickte und suchte nach den richtigen Worten. „Hella, dein Papier hat zwei Königskinder ...“

„... verschluckt“, sagte ich.

„Seht mal, wer da kommt!“, rief Judith in dem Moment und zeigte auf die Gartenpforte, die sich gerade hinter Papa schloss.

„Wir sollten das Ganze besser niemandem erzählen“, sagte Günther schnell. „Kein Mensch würde uns das glauben. Im Ernst, wir sollten das wirklich für uns behalten. Sonst sperrt man uns alle noch ein.“ Ängstlich blickte er uns an.

„Ich weiß sowieso nicht, ob das Ganze nicht bloß ein Trick von Lena war", sagte Judith misstrauisch.

Mama lächelte bloß. Wahrscheinlich würde sie Papa alles erzählen. Sie erzählten sich sowieso alles. Aber ob er ihr glauben würde? Ich konnte es mir nicht vorstellen.

Ich dachte lieber an Dornröschen.

Ich würde wirklich zu gerne wissen, was sie und den Prinzen bei ihrer Rückkehr erwartete. Ob sie bald Hochzeit feiern würden? Ob sie ihren Familien von uns erzählen würden?

Ein wenig traurig war ich schon, dass ich auf ihrer Hochzeit nicht dabei sein würde. Einmal im Leben hätte ich gerne bei einer echten Prinzessin gegessen und getrunken und in einem richtigen Schloss geschlafen.

Ich seufzte und merkte, wie müde ich war.

Papa war nun bei uns angelangt. Er küsste Hella, gratulierte ihr und entschuldigte sich noch einmal für seine Verspätung. Er sagte: „Also, das glaubt mir kein Mensch, aber heute war im Büro der Teufel los. Wenn ich es nicht besser wüsste, würde ich glauben, jemand hätte meine Telefonanlage verhext!"

Gunni war zu dem rosa Briefbogen gelaufen und stand stirnrunzelnd davor. „Da ist ja gar nichts mehr drauf. Wo ist denn der Prinz geblieben?“

Judith sagte: „Das erkläre ich dir später in Ruhe. Dabei hast du es doch mit eigenen Augen gesehen. Es war wie ein Wunder ...“

Obwohl sie leise gesprochen hatte, war es Papa nicht entgangen. Fragend sah er Mama und mich an.

Mama sagte zu ihm: „Hier war auch ganz schön was los ...“

„Aber das erzählen wir dir lieber später“, unterbrach ich sie. „Ich wette, du glaubst uns kein Wort.“

Als ich dann später alleine in meinem Bett lag, musste ich immer lachen, wenn ich an Papas Gesicht dachte. Dieser ungläubige Blick, als Mama und ich ihm von Dornröschen erzählt hatten.

„Das ist nicht euer Ernst?“, hatte er immer wieder gefragt. „Gebt zu, dass ihr das erfunden habt!“

Aber als er merkte, dass es wir es ernst meinen, ist er blass geworden und dann auf den Balkon gegangen, um alles in Ruhe zu verarbeiten. Vielleicht war er auch ein bisschen neidisch auf uns, weil er den ganzen Tag im Büro verbringen musste, während wir diesen ungewöhnlichen Besuch aus dem Märchenreich hatten.

Ich war hundemüde und hellwach zugleich. Bevor ich das Licht löschte, fiel mein Blick auf Dornröschens ruiniertes Satinkleid. Auch wenn der blaue Fisch im Aquarium ihre Satinschuhe gefressen hatte, blieb mir dieses eierschalenfarbene Prinzessinnenkleid wenigstens als Erinnerung.

Ich wüsste bloß zu gerne, warum es ausgerechnet mir gelungen ist, sie herbeizuholen. Schließlich bin ich nicht das einzige Mädchen, das mal Dornröschen gezeichnet hat.

Aber das wird wohl für immer ein Geheimnis bleiben.